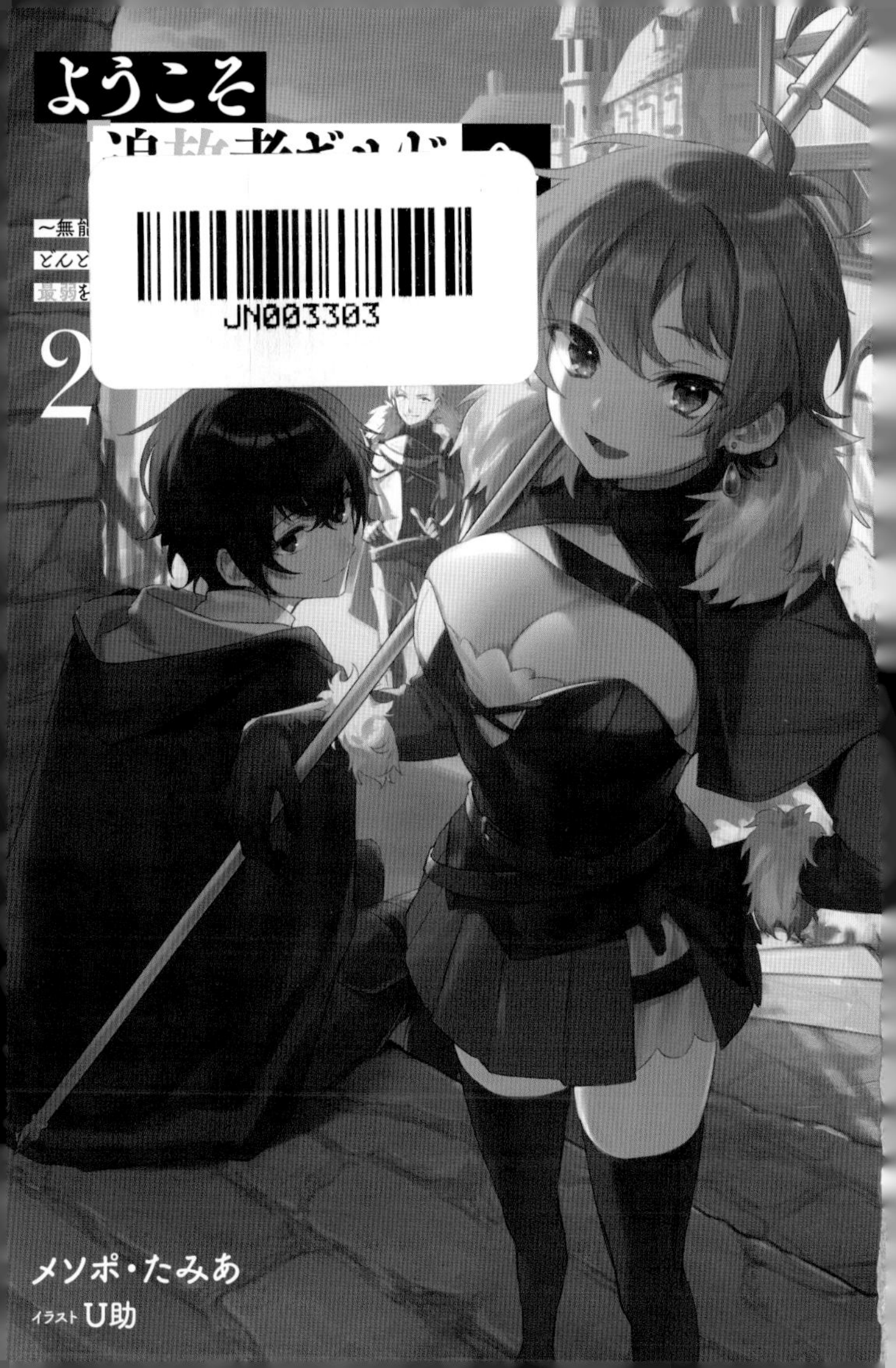
ようこそ
2
メソポ・たみあ
イラスト U助

「ウチにできることなら、
なんでもお任せください！」
コレット・ハスクバーナ
追放者ギルドに新たに加入した、明るく元気な戦士の少女。隠しスキルを持っていないというイレギュラーな存在で……？
隠しスキル なし

「……信じまス。
ウチは、自分自身を！」
これこそが、不死身の竜を倒せる
0.1%の可能性。
サルヴィオが垣間見て
俺に伝えてくれた、彼女の力。
もしかしたら彼は――
どこかで気付いていたのかもしれない。
だからこそ、最後の力で俺に
託してくれたのかもしれない。
ならば――俺のやるべきことは――
「――コレット！」
俺は、彼女の名を呼ぶ。
「立つんだ………………
立て、コレット・ハスクバーナ！
キミだけが、不死身の竜を倒せる！
キミはもう、弱いだけの冒険者

なんかじゃないんだ」
サルヴィオ
かつてヴィリーネを追放したSランクパーティ『銀狼団』の元リーダー。改心した結果、アイゼンの舎弟になりたいと言い出して!?
隠しスキル 屈強な肉体
攻撃力と防御力を基礎ステータスから1.4倍にする
「確か『追放者ギルド』って言ったかしら、私たちを貶《おとし》めた悪ぅい子たちは」
ヒルダ
Sランクパーティ『アイギス』を裏から操る死霊使い。自らの探究心を満たすため、太古の竜を復活させる
隠しスキル ???

ようこそ『追放者ギルド』へ2

〜無能なSランクパーティがどんどん有能な冒険者を追放するので、最弱を集めて最強ギルドを創ります〜

メソポ・たみあ

角川スニーカー文庫

22725

contents

口絵・本文イラスト U助 デザイン たにごめかぶと（ムシカゴグラフィクス）

プロローグ

「……クレイ、俺の言いたいことはわかるよな？」

大手冒険者ギルド『ヘカトンケイル』——そのギルドマスターの執務室。

大きな椅子にどっしりと腰掛けたヴォルク。

その獅子《しし》を彷彿《ほうふつ》とさせる厳《いか》つい顔には、明らかに怒りが見て取れる。

そんな彼の前には、今にも死にそうなほど青ざめた顔の冒険者が１人。

アイゼンたちが倒したアクア・ヒュドラに苦汁を舐《な》めさせられたＳランクパーティ『アイギス』のリーダー、クレイである。

「アクア・ヒュドラっていやぁ、手強《てごわ》いモンスターってことで有名だ。強敵を相手にすれば苦戦することもあるだろう。仲間が犠牲になることもある。そいつは悲しいことだ」

「は……はい……」

「だがな——相手が強かろうが、仲間がくたばろうが、そんなのは関係ねぇんだよ。俺たち『ヘカトンケイル』に必要なのは強者のみ。相手が強ければ、ただそれ以上に強くなればいいだけの話だ。俺がいつもお前に言って聞かせてたことだよなぁ？」

ヴォルクは椅子から立ち上がり、クレイの目の前まで歩く。

ヴォルクの身体はクレイよりも一回り大きく、その身体から放たれる覇気はますますクレイを畏縮《いしゅく》させていく。

「ば……挽回《ばんかい》の！　挽回のチャンスを下さい！　次こそは必ず、俺が強者であることを証明して――ッ！」

クレイが言い終えるよりも早く、彼の顔目掛けてヴォルクの鉄拳《てっけん》が飛んだ。

隆々とした剛腕で殴り飛ばされたクレイは、部屋の壁際まで吹っ飛ぶ。

「ぐ……うぅ……」

「クレイ、俺が何に対してキレてるかわかるか？　お前が『ヘカトンケイル』という名前に泥を塗ったことと――なにより、弱者である追放者でも倒せた雑魚《ざこ》なんぞに、お前が負けたことに対してだッ！」

ヴォルクは初めて、憤怒《ふんぬ》を露《あら》わにする。

額に幾つもの青筋を立て、その怒声は床や壁すら振動で震えさせる。

「何故だ？　どうして負けた？　ステータスの低い追放者でも勝てた相手だぞ？　お前のせいで、俺たちはとんだ笑い者になっちまった！」

「わ、わかりません……サイラスの盾が、魔術を無力化できなくなっていて……」

「もういい！　お前には期待して目をかけてやったのに、がっかりしたぜ。……お前の処分は追って伝える。しばらくは、そのツラを俺に見せるんじゃねぇ！」

◇　◇　◇

「く、くそぉ……どうしてこんなことに……」

ヴォルクから事実上の謹慎を言い渡されたクレイ。

彼は暗い宿部屋の一室で、酒瓶を手に己《おの》が不幸を嘆いていた。

一体なにがいけなかったのか？

何故、あの時サイラスはウォーター・ブレスを防げなかったのか？

考えても出ない答えに、クレイの精神はズタズタだった。

「チクショウ……俺は、俺は弱者なんかじゃ……」

「――そうよぉ。あなたは強いわ、クレイ」

クレイの背後の暗闇、その中から細い腕が伸び、彼をそっと抱擁する。

死霊使い《ネクロマンサー》のヒルダである。

彼女は妖艶《ようえん》な唇で、クレイの耳元に囁《ささや》く。

「あなたは悪くないのよ。それにヴォルク様は、挽回しちゃダメだなんて言ってないんでしょう？　あなたは強者だもの、これからいくらでも名誉を取り戻せるわ……」

「だ、だが……サイラスはもういない……神の盾を失った『アイギス』なんて、もう……」

「フフ……なにを言っているの？　サイラスなら――ここにいるじゃない」

彼女が言った――その直後、暗闇の中から歩み出てくる大男の姿。

全身に着込んだ鎧《よろい》がガチャガチャとこすれ合い、その手には大きな盾を持っている。

その姿を、クレイは決して見紛《みまが》わなかった。

「サ――サイラス!?　どうしてここに!?　お前、生きて――ッ！」

彼に駆け寄ろうとしたクレイは、すぐにその足を止める。

――サイラスの虚《うつ》ろな瞳《ひとみ》には、光がなかった。

それだけでなく、顔のところどころで肉が崩れ、骨が剝《む》き出しになっている。

腐敗こそしていないようだが――その様子は、明らかに生者のソレではない。

「ヒ……ルダ……お前まさか……サイラスを、不死者《アンデッド》にしたのか……？」

「ええ、そうよ。私の死霊術で、彼に帰ってきてもらったの。このサイラスなら、以前よりもずっと活躍してくれるはずだわ。ああ……とっても逞《たくま》しくって、素敵……♪」

恍惚《こうこつ》とした表情でヒルダは語り、醜いサイラスの頭に兜《かぶと》を被《かぶ》せる。

兜によって顔全体は覆い隠され、これならば一見して不死者《アンデッド》には見えない。

「冒険者が仲間を不死者《アンデッド》にするのは、禁忌中の禁忌だ！　こんなのが冒険者ギルドにバレれば、追放じゃ済まないぞ!?　最悪、お、俺たちは……！」

「それじゃあ、クレイは今のままでいいの？　ヴォルク様に、また認めてもらいたいと思わない？　このサイラスがいれば、あなたも以前のあなたに戻れる。追放者でも倒せたのに、なんてバカにされることもない」

ヒルダはクレイに寄り添い、彼の顔を自らの胸に抱き寄せる。

「大丈夫よ、大丈夫……。不安にならないで。私があなたの傍にいるもの。もう少しだけ時間を頂戴《ちょうだい》……？　私が、全部あなたの思い通りにしてみせるから……」

「……ハ……ハハ……アハハハ……！」

この瞬間、クレイの中でタガが外れる。

同時に、ヒルダの口元は歪《いびつ》に笑うのだった。

第1章　新入団員

「……ねぇ、おじさんは偉い人なの？　凄《すご》い冒険者さんなの？」

名も知らぬ冒険者に、そう尋ねる。

なぜそんなことを聞こうと思ったのか？　それは自分でもわからないが――冒険者はニヤリと笑って、答えてくれた。

「いいや、俺は偉くも凄くもない。どこにでもいる普通の冒険者さ」

「でも、おじさんは不思議な力を持ってるよ。だからモンスターを倒して、この村を守ってくれるんでしょ？」

そう言うと冒険者は少し驚いた表情を見せるが、すぐに微笑む。

「ほぅ、坊主にはわかるのか。だったら、俺が今から言う言葉をよく聞きな――」

「……ん」

――目が覚める。

明るさに気が付いてまぶたを開けると、窓の外ではもう陽が昇っている。

とはいえ、おそらく時刻は早朝。

ヴィリーネやマイカもまだ眠っている頃だろう。

俺はようやく少し慣れ始めた事務所のベッドから身体を起こし、

「懐かしい夢を見たな……。今思えば、あの冒険者との出会いが全ての始まりだったんだっけ……」

しばし昔を思い出す。

まだ幼い日の記憶——子供の頃に出会った冒険者の記憶——

あの時は将来ギルドマスターになろうなんて思いもしなかったけど、今となってはアレがきっかけだったのだと思う。

改めて部屋の中を見回し、新居の事務所を眺める。

今更ながら、ここまで来たんだな……

追放者を救うためのギルドを起《た》ち上げて、団員を集めて、拠点となる事務所まで……

まだまだ『追放者ギルド』は始まったばかりだけど、それでもスタート地点に立つことはできたんだ。

オマケに1週間後には、冒険者ギルド連盟の総代と会見できるだなんて。

たった今起きたばかりなのに、まだ夢を見ている気がしてしまう。

それもこれも、あの時の出会いがあったからなのかな――と。

「感謝しなきゃだな……あの時俺に言葉をくれた、名前も知らない冒険者に」

◇　◇　◇

「ふぁ～あ、おはようございますアイゼン様……」

「おはよ～、マスター……」

ヴィリーネとマイカが目元を擦《こす》りながら広間に出てくる。

2人とも昨日はギルドの仕事でダンジョンへ潜っていたから、疲労も溜《た》まっていたのだろう。

一足先に目覚めた俺は温かい紅茶を飲みながら、仕事の書類の整理をしていた。

「おはよう2人共、なにか温かいものでも飲むかい？」

「いただきましゅ……」

「私も～。……それにしても、マスターは早起きなのね。本当にちゃんと寝てるの？」

「ああ、今朝はちょっと目が冴《さ》えちゃってね。懐かしい夢を見たせいかな」

俺が言うと、眠そうにしていたヴィリーネの目がパチッと開く。

そして興味あり気に、

「懐かしい夢——ですか？　いったい、どんな夢を見たんです？」

「いや、なんてことない幼い頃の思い出だよ。子供の頃にとある冒険者と出会った、ただそれだけの記憶。でも今思い返せば、俺が冒険者ギルドのギルドマスターを目指すようになった一番初めのきっかけだった気がする——そんな夢を見たんだ」

「ふぇ〜……なんだかロマンチックです！　もっと詳しく聞かせてください！」

「アハハ、またいつか機会があれば話してあげるよ。……ところで、彼女は——」

俺が2人に尋ねようとしたその時——事務所の玄関ドアがバン！と開けられ、外から1人の少女が入ってくる。

「オハヨーございまス！　皆さん、お目覚めみたいでスね！」

使い込まれた斧槍《ハルバード》を担ぎつつ現れたのは、明るい茶色の短髪でハキハキとした快活な少女。

薪割《まきわ》りを終えた後らしく、綺麗《きれい》に割られた木材を片腕に大量に抱えている。

「おはよう、コレット。悪いね、朝からそんなことを任せちゃって」

「いえいえ！　こんなの朝飯前でス！　ウチにできることなら、なんでもお任せください！」

「コレットさんは朝から元気ですね……私も見習わなきゃ……」

「そんな、恐縮っス！　ウチは元気だけが取り柄でスから！　それよりヴィリーネさん、髪に寝癖ついてますよ？」

「ふぇ!?　ホ、ホントですか!?　やだ、直してきますぅ！」

チラッと俺の方を見るなり、恥ずかしそうに奥へと小走りしていくヴィリーネ。

そんなに気にすることないのに……っていうかキミ、元からアホ毛あるじゃない？

などと思っていると、

「アッハハハ、ここは本当に愉快なギルドでスね！　入って良かったっスよ！」

元気いっぱいに笑う少女。

――彼女の名前はコレット・ハスクバーナ。

つい先日我が『追放者ギルド』に入団したばかりの、栄えある四人目の団員である。

彼女も元居たパーティを追われてしまった追放者で、俺たちの噂を聞きつけてここまでやって来たのだとか。

性格も明るく前向きで、仕事熱心。

そんなコレットに俺は期待しているのだが――――同時に、彼女は今『冒険者ギルド』が抱える大きな問題でもある。

もっとも、彼女の内面的・精神的な部分には一切の不安要素はない。

純粋で素直で一本気、交友関係にも問題なし。

ではなぜ彼女が問題児なのか？

それを語るために、少し時間を遡《さかのぼ》る必要がある。

事の発端は数日前、俺たちが事務所の設立を祝っていた時のこと――

◇　◇　◇

「――あのー、すみませーん」

俺がカガリナを建物の中に招こうとした時、そんな声が俺たちを呼び止めた。

そうして、俺たちの前に1人の冒険者が現れる。

その冒険者はやや緊張した面持ちで俺たちを見ると、

「ここに来れば、『追放者ギルド』の方々とお会いできるって聞いたんっスけど……。あなた方でお間違いないでスか？」

「ああ、確かに俺たちが『追放者ギルド』だけど……」

「おお！　ではあなた方がアクア・ヒュドラを討伐したという、追放者の希望の星！　お会いできて光栄っス！　超感激っスよ！」

バッと俺に近付いてくると、ハルバードを置いて両手で握手してくる少女。

　なんというか、物怖《ものお》じしない元気っ子らしい。

「も、申し訳ないけど、キミは一体……？」

「あっ、ご挨拶《あいさつ》が遅れました！　ウチはコレット・ハスクバーナという名前で、冒険者をやってるっス！　あなた方『追放者ギルド』は追放者を募集してると聞いて、馳《は》せ参じたんスよ！」

　コレットと名乗る少女は何故かバッと敬礼し、ハキハキと挨拶する。

「追放者ってことは、それじゃキミも——」

「その～、恥ずかしながらステータスが低いってパーティを追放されてしまって……。こんなウチでも、雇ってもらえますかね……？」

　その言葉を聞いて、俺は自分の心が弾むのがわかった。

「！　ええ、勿論《もちろん》！　俺たちはあなたを歓迎しますよ。ようこそ、『追放者ギルド』へ！」

「あ、ありがとうございまス！　ウチはガッツと根性だけが取り柄でスが、精一杯働かせて頂くっス！」

　ガッツと根性って、それ同じ意味じゃない？

　なんて突っ込みはさておき、どうやら明るくて良い子そうだ。

　ヴィリーネたちとも気が合うだろう。

新しい拠点に新しい仲間、これはなんとも幸先《さいさき》がいい。

この子もステータスの低さを理由に追放されたのなら、なんらかの〝隠しスキル〟を持っているのだろうな。

さっそく見てみるとするか。

「――【鑑定眼】」

目を瞑《つぶ》り、そして【鑑定眼】を発動させて再びまぶたを開く。

そしてコレットの前に文字が浮かび上がるが――そこに書かれた内容を見て、俺は我が目を疑った。

＝＝＝＝＝＝＝＝＝＝＝＝＝＝＝＝

スキル　なし

＝＝＝＝＝＝＝＝＝＝＝＝＝＝＝＝

◇◇◇

俺はコレットを新居に招き、受付フロアにあるテーブル席で少しばかり質疑応答をした。

どうやら彼女は元々Aランクのパーティに所属していたらしいのだが、〈ステータス・スカウター〉に表示されるステータスの低さを理由に、パーティの昇進を前にして追放されたという。

その境遇はヴィリーネととても近いモノで、話を聞いていたヴィリーネもとても心苦しそうな表情をしていた。

追放からしばらくは当てのない流浪の旅をしていたが、ふと『追放者ギルド』の話を耳にして『デイトナ』までやって来たのだ——と彼女は語ってくれた。

他にも生い立ち、経歴、趣味趣向、ついでに好きな食べ物まで実に矢継ぎ早に答えてくれたけど、わかったことと言えば、彼女はごく一般的な冒険者だってことくらい。

……話を聞く限り、いい意味でも悪い意味でも特別性は見受けられない。

俺は何度も【鑑定眼】でコレットを見るが、やはり同じ表示が出る。

＝＝＝＝＝＝＝＝＝＝＝＝＝＝＝＝＝

スキル　なし

＝＝＝＝＝＝＝＝＝＝＝＝＝＝＝＝＝＝＝＝＝

そう、ないのだ。

彼女には、〝隠しスキル〟がない。

試しにヴィリーネやマイカを見てみるが、彼女たちの〝隠しスキル〟はこれまでと変わらない内容で表示される。

俺の目がおかしくなった――ワケではないようだ。

「いやー、マスターさんが器の大きな人で良かったっスよ。門前払いされたらどうしようかと！　アハハハ！」

彼女は屈託のない笑顔を見せるが、対する俺は不可思議でならない。

俺はこれまで、【鑑定眼】で様々な人の〝隠しスキル〟を見てきた。

その中には1つとして同じモノはなく、どれも特別な能力を持っていた。

共通する点があるならば、能力を生かしているかいないか、または上手《うま》く活用できているか否かという、当人の境遇の方だろう。

だからこそ、俺は追放者がステータスだけを理由に差別されるのはおかしいと言ってきたのだ。

天は二物を与えずなんて言葉があるけど、逆を言えば必ず1つは与えているということ。

ステータスの低い冒険者は、大概が驚くような〝隠しスキル〟を持っている。

〝スキル　なし〟なんてのは——初めて見る。

「ア、アイゼン様……大丈夫ですか？」

心配そうにヴィリーネが聞いてくる。

おっと、顔に出てしまっていたかな。

「ん、大丈夫だよ。勿論コレットも『追放者ギルド』に入ってもらう。寝泊まりもこの建物でしてもらって構わない。まだここに入居したばっかりだから、なにもなくて申し訳ないけど」

「ホントっスか！　雨風をしのげるなら、もう全然ＯＫっスよ！　ありがとうございまス！」

「それじゃあコレットさん、一緒に中を見て回りましょう！　私たちも今日初めてここに来たんです！」

ヴィリーネはコレットの手を引き、２人で嬉《うれ》しそうに建物の中を走っていく。

ああやって見ると、本当に無邪気な少女たちって感じだな。

「……それでマスター？　あの子の〝隠しスキル〟はどうだったの？」

コレットたちの姿が見えなくなるや、マイカが聞いてくる。

「ああ……中々ユニークだったよ。かなり興味深い」

「ふぅん、ユニークねぇ……」

続いて、カガリナがずいっと俺の顔を覗《のぞ》き込んでくる。

「な、なんだよ？」

「アンタが柄にもなく悩んでる時って、変にぼかした言い方する癖があるのよね。学生の時から変わってないわ」

え、俺ってそんな癖があったのか？

全然気が付かなかった。

「――悩む、か……どうだろうな。ただもしかしたら――あの子は、俺の昔からの疑問に答えてくれるかもしれない、って思ってさ」

◇　◇　◇

コレットに新居を見て回らせた後、俺はヴィリーネ、マイカ、コレットの3人を近場の森ダンジョンに連れ出していた。

コレットのスキルに関しては色々と思考を巡らせたが、もう考えても仕方ないと思ったのである。

実際に、彼女が戦う様子を見ればなにかわかるかもしれない。

そんな淡い期待があったのだ。

「これが『追放者ギルド』の入団試験ってことっスね！　腕が鳴るっス！」

「別に試験ってワケじゃないから、普段通りにモンスターを倒してくれれば大丈夫だよ。少しお手並み拝見するだけさ。ヴィリーネとマイカは彼女のサポートを頼む」

俺が言うと、2人は快く頷《うなず》いてくれる。

そうして森を奥へと進んでいくと、

『ブフー……ブフー……ッ』

緑色の肌のホブゴブリンの群れが現れた。

その数は5——いや6匹。

身体の大きさは2メートルを超え、手には棍棒《こんぼう》を持っている。

「ホブゴブリンか……！　Bランク相当のモンスターだが、群れとなると厄介だぞ。皆、油断するな！」

「勿論っス！　そんじゃ、行くっスよぉ！」

ハルバードを構えたコレットは、意気揚々とホブゴブリンたちへ向かう。

刺突――振り下ろし――薙《な》ぎ払い――

コレットは勢いよく連撃を繰り出していく。

なるほど、流石はＡランク冒険者。

ホブゴブリンの１匹２匹なら楽なもの、とばかりに攻撃を行い、早くも１匹の首を刎《は》ね飛ばした。

「――【鑑定眼】」

彼女が戦っている最中にも、俺は【鑑定眼】で〝隠しスキル〟を見る。

だがやはり、結果は変わらず〝スキル　なし〟だ。

そして最初こそ派手に攻撃をしていたコレットも、次第にホブゴブリンたちの怪力と数の暴力に押され始める。

「くぅ……！」

『ブフーッ！』

１匹２匹ならとうに終わっている戦いだろうが、流石に６匹ともなると話が違う。

苦戦を見かねたマイカとヴィリーネが動き、

「ヴィリーネ先輩、彼女の援護を！」

「わかってます！　――はあっ！」

戦いへと加わる。

彼女たちが参戦したことで、あっという間に形勢は逆転。

ヴィリーネが一瞬の隙を突いてホブゴブリンの胸部を剣で貫き、マイカが魔術で吹き飛ばしていく。

ものの数分もしない内にホブゴブリンの群れは全滅。

地面に尻餅《しりもち》をつくコレットに、ヴィリーネが手を差し伸べる。

「大丈夫ですか、コレットさん？　無理しちゃダメですよ」

「痛《いて》て……も、申し訳ないっス。やっぱり調子に乗っちゃダメっスね……ナハハ……」

バツが悪そうに苦笑いするコレット。

――冒険者として、彼女は決して弱くない。

Aランク冒険者としての実力はちゃんと持っている。

あえて言うなら、強さはAランクの中でも中の下ってくらいか。

とはいえ『追放者ギルド』に入る前のヴィリーネみたいにコンプレックスがあるワケで

もないので、相応の技量は発揮できているはず。

そしてやはり、ヴィリーネたちのように特殊な〝隠しスキル〟は有していない。

つまり、コレットは極めて普通で、どこにでもいる冒険者なのだ。

しかし誰もが持ち得る固有の能力が〝ない〟という点で、極めて稀《まれ》な冒険者でもある。

普通であって普通じゃない、彼女は真の無能力者だった。

◇　◇　◇

――ここまでが、俺がコレットを〝『追放者ギルド』が抱える大きな問題〟とする所以《ゆえん》である。

どうして彼女が〝隠しスキル〟を持たないのか俺は再三考えたが、答えらしい答えは出せなかった。

個人的には極めて興味深いのだが、コレットをどう扱うべきかは正直難しい。

彼女は正真正銘、特殊な能力を持たないごく普通の冒険者なのだ。

できればヴィリーネやマイカと一緒に戦わせてあげたいが、既に有能な〝隠しスキル〟を自覚している2人とはどうしても戦力に差が出てしまう。

幸いにもコレットとヴィリーネたちの仲が良好なので、問題らしい問題は起きていない。

ヴィリーネたちも無能と罵《ののし》られて追放された身の上、コレットには親身になるのだろう。

それにアクア・ヒュドラの討伐以降、噂のお陰でちょっとずつ舞い込んでくるようになった比較的簡単な依頼ならコレットでも処理できるだろう。

とはいえ……ギルドマスターとしては、なにか手を打たねばならない。

そんなことを考えている内にみるみる日は過ぎ——早くも1週間が経過。

俺はコレットをどうするかの答えを出せないまま、冒険者ギルド連盟の総代と会見することになってしまった。

「……正直コレットのことはモヤモヤしたままだけど、ここに来たからにはシャキッとしないとな。気合いを入れ直せ、アイゼン・テスラー！」

パチパチと自らの頬を叩《たた》く俺。

現在、身なりを整えた俺は1人で『ビウム』までやって来ている。

ヴィリーネたちは新居——というより『冒険者ギルド』の事務所でお留守番。

ギルドマスター不在となってしまっているが、しっかり者のマイカがいれば問題無いだろう。

「『ビウム』の街に来るのも、なんだか久しぶりな気がするな……。いつ来ても人の波に酔いそうだよ」

しばし街の中を歩き、冒険者ギルド連盟の本部前まで到着。

長い階段を上っていく。

「……そういえば、あの時にぶつかったお爺《じい》さんは元気にしてるだろうか？　本部の関係者っぽかったけど、一体誰だったんだろう」

ふと、以前ここで会った老齢の男性を思い出す。

あの時も本部の中に入っていったし、運が良ければ今日も会えるかもな。

そんなことを思いつつ、俺は本部の受付に赴いて手続きを済ます。

『追放者ギルド』のアイゼン・テスラーと名乗ると、受付嬢はとても丁寧に対応してくれた。

前回の中年男性とはえらい違いである。

そして俺は受付嬢に案内され——如何《いか》にも雰囲気のある総代執務室の前までやって来た。

「ジェラーク総代、本日面会のお約束を取られているアイゼン様がお見えになりました」

『うむ、お通ししろ』

執務室の中から声が返ってくる。

……あれ？　この声はどこかで聞いたような……

そう思ったのも束の間、受付嬢が扉を開けてくれる。

開かれた扉の向こうにいたのは――

「……よく来たな、『追放者ギルド』のギルドマスターよ。再び会えて嬉しいぞ」

「あ――あなたは、あの時の！」

俺は衝撃を受ける。

そこにいたのは、長い白髪の老齢の男性。

見紛《みまが》うはずもない――あの時本部の前でぶつかった、あのお爺さんだったのだ。

「な、な、なんで……！」

「ハハハ、驚かせたかな？　隠すつもりはなかったのだが。さあ、遠慮せず入るがいい、追放者の救世主よ」

老齢の男性――いや、ジェラーク総代は軽快に笑って俺を迎える。

そして執務室の中央にある来客席に腰掛け、反対側にはジェラーク総代が座った。

「……『追放者ギルド』の活躍は、常々聞いておるぞ。こうしてお主と話せる時を楽しみにしていた」

「は、はぁ……それは、ありがとうございます……。なんていうかその、俺なんかを呼んで頂いて光栄です……」

まさか総代があの時のお爺さんだったなどと想像もしていなかった俺は、頭が真っ白になってしどろもどろに話してしまう。

「こういう場は慣れておらぬか？　緊張などせずともよい。――此度《こたび》、お主に礼を言うことは2つある。まず1つ、『追放者ギルド』によるアクア・ヒュドラ討伐、まことに見事であった。冒険者ギルド連盟を代表して、お主の偉業に敬意を表する」

「け、敬意だなんて……！　実際に戦ったのは団員たちで、俺はなにも……」

「その団員はお主が集め、お主が才を見出《みいだ》し、そしてお主だからこそ付いていったのだ。謙遜《けんそん》は要るまい。次に――2つめだ」

ジェラーク総代は、テーブルの上に金色の小さな物体をコトリと置く。

俺は、それに見覚えがあった。

「あれ？　これは――」

「そうだ、お主が見つけてくれたのだよ、この忘れ形見を。……ありがとう、アイゼン。ジェラーク・ファルネーゼという老いぼれの願いを叶《かな》えてくれて。お主はワシの恩人だ」

俺はまたも驚かされる。

これは間違いなく、地下迷宮ダンジョンでヴィリーネが見つけたペンダントだ。

そういえば、依頼主は元冒険者のお偉いさんだって聞いたけど――

「し、知りませんでした……このペンダントが、総代の物だったとは……」

「フフ、中は開かなかったのかね？　ワシの名も彫ってあるのだが」

――記憶を辿《たど》ってみれば、確かに彫ってあった気がする。

でもまさか、冒険者ギルド連盟の総代その人だなんて思わないってば。

俺は「はぁ～……」と深く息を吐き、

「なんだか、ここに来てから驚いてばかりです。寿命が縮みそうですよ……」

「それは不味《まず》いな、お主にはぜひ長生きしてもらわんとイカンのだから」

ハハハ、と和やかに笑い合う俺とジェラーク総代。

なんか、もう緊張を通り越して吹っ切れてしまった。

「さて、言うべき礼は伝えることができた。ここからは、お主自身のことを聞きたい」

「俺自身のこと、ですか？」

「そうだ。『追放者ギルド』のギルドマスターよ、お主は――他人の〝隠しスキル〟が見えるのだったな？」

「！　どうしてそれを……！」

「ライドウが言っていたぞ？　お主は他者の隠れた能力を見抜く目を持っていると。それが、お主が追放者たちを無能ではないと断ずる理由なのだろう？」

「それは……はい、確かにその通りなんですが……」

俺はその問いに対して、ややたどたどしく答える。

〝隠しスキル〟が見えるのは間違いないのだが、コレットの〝スキル　なし〟を見てしまった後だと意味が重く感じてしまう。

アレは本当に、見えたと言っていいのか——と。

そんな俺の気まずさを即座に看破したのか、ジェラーク総代は訝《いぶか》し気に顎鬚《あごひげ》を撫《な》でる。

「ふーむ……？　思いのほか煮え切らぬ答えが返って来たな。これだけの功績を挙げて実は嘘だったなどと言っても、ワシは信じてやらんぞ？」

「う、嘘なんかじゃありません！　俺には【鑑定眼】ってスキルがあって、〝隠しスキル〟が見えるのは本当です！」

「では、なにかわだかまりでも抱えていると見える。仮にも総代を務める老骨の目には、そう映るが？」

「い、いや、それは……！　ここでお話しするようなことでは……！」

「フハハ、この正直者め。悩んでいることは否定せぬのだな。よい、話してみよ。若人の悩み事を聞いてやるのも、老いぼれの役目よ」

うっ、そこまで言われると話さないワケにはいかないよなぁ……

本当は、ギルドマスターである俺が自分で解決しないといけない問題なんだけど。

自らの恥を晒《さら》す気持ちだったが、俺はジェラーク総代に現在の悩みを打ち明けた。

そう——無能力者であるコレットのことを。

「……なるほど、〝隠しスキル〟を持たない追放者が現れて、その者をどうすべきか悩んでいる、ということか」

「はい……人は誰しもが〝隠しスキル〟を持っていて、だからこそステータスだけを理由に追放される世の中はおかしいと主張してきました。でもまさか……〝隠しスキル〟を持たない冒険者がいるなんて……」

実際俺にとっては、コレットの存在はショックではあった。

しかし同時に、強く興味を惹《ひ》かれたのもまた事実。

「ただ……彼女を見ていると、俺は昔からの疑問を思い出すんです。人は、いったいいつから〝隠しスキル〟を持つようになるんだろうって。たぶん、多くの人が生まれた時から持っているんでしょう。だけど、後天的な〝隠しスキル〟も存在するんじゃないか？　そもそも、〝隠しスキル〟とは変化しないモノなのか？　——そんなことを考えてしまうんですよ」

「その言い方を聞くと、お主にとっても〝隠しスキル〟は未知の部分が多いのだな」

「ええ、これまでは調べる方法もありませんでしたから。コレットに会って久々に考えたくらいです。結局……未《いま》だ疑問は疑問のままですよ」

ジェラーク総代はしばし無言になり、思案するように顎鬚を撫でながらこちらを見つめる。

そして沈黙の刻《とき》が流れるが――

「アイゼンよ、ハッキリと言ったらどうだ？　『追放者ギルド』に役立たずはいらぬと」

彼の口から出たのは――そんな言葉だった。

「なん……ですって？」

「お主の目は、優秀なスキルを持つ者を選別できるのだろう？　ならば有能な追放者だけを集め、お主の理想とするギルドを創ればよい。そうすればより早く功績を積み上げ、お主の思想を世間に認めさせることができるだろう」

――信じ難かった。

自分の耳がおかしくなったのかと思った。

数多《あまた》の冒険者を統率するジェラーク総代、そんな彼の口からそんな冷酷極まりない言葉が出るなんて。

その瞬間、俺は心の中に言いようのない怒りが沸き上がるのを覚えた。

「そのコレットという冒険者は、お主にとっての岐路になるはずだ。価値なき者は見捨て、真に能力のある者だけを募る、それが――」

「見捨てません」

ジェラーク総代が言い切るよりも早く、俺は答えた。

「見捨てません、決して。この世界に価値のない者なんていない。確かにコレットはステータスも低くて、〝隠しスキル〟もない無能力者かもしれません。でもそれだけで評価するのは、ギルドマスターの正しい姿なんですか？」

「……」

「俺にとって【鑑定眼】は、人の真価を解き放つためのモノであって、無能を追及して迫害するためのモノじゃない。もうコレットは、俺たちにとって大事な仲間なんです。ここであの子を見捨てたら、きっと俺は一生自分を許せない……そう思うんですよ」

「よくぞ言ったッ！」

バシン！とジェラーク総代は自分の膝《ひざ》を叩《たた》く。

「よくぞ言ったぞ、アイゼンよ！　やはりお主は期待通りの男だ！」

「え？　あ、あれ？　あの……」

「いや、試すようなことを言って悪かった。まず先に、お主の本心を聞きたかったのだ。もしここでワシの言葉になびいているようでは、お主は〝追放ブーム〟にあやかっている無能共と同じだからな」

あ、そうか。

言われてみれば、彼はステータス至上主義者の言葉を〝隠しスキル〟に入れ替えて言ってるような感じだった。

「た、試されてたんですね……俺……」

「ああ、だがこれでよくわかった。お主は紛れもなく追放者の希望だとな」

ジェラーク総代はぐっと身を乗り出し、口元を綻《ほころ》ばせながら話し始める。

「だが同時に——お主がギルドマスターを志した理由は、その目があるからというだけではない、ともわかったよ」

「え？　と言うと……」

「ワシは今の立場になってから、実に多くのギルドマスターを見てきた。自らの有能さを信じてギルドマスターとなった者、冒険者としての経験を生かしてギルドマスターとなった者、富と名声を求めてギルドマスターとなった者……。少し話せば、其奴《そいつ》がどのような経緯で今の立場になったのかあらかた想像できる」

「では、俺はその中のどれだと？」

「どれとも違う。お主のように情熱的な理想と信念を掲げる者は、明確なきっかけがあったはずだ。こればかりはワシの勘なのだが……お主自身が、もっと潜在的に誰かの影響を受けているのではないかね？」

「！」

ジェラーク総代の言葉に、俺は驚きを隠せなかった。

当たり――である。

俺自身、それは確かに自覚のあることであった。

「……感服しました。どうしてあなたが冒険者ギルド連盟の総代をやっておられるのか、よくわかった気がします」

「ハハハ、老人の前で隠し事はできぬと思えよ」

楽しそうに笑うジェラーク総代。

いやはや、これは……凄《すご》いというか、おっかないってレベルだな。

彼の前じゃ本当に隠し事なんてできなそうだ。

俺は尊敬と畏怖《いふ》の念を同時に抱き、今自分がどんな人物と向かい合っているのか再認識する。

俺は一呼吸置くと、

「……ええ、総代の仰《おつしや》る通りです。俺は昔、とある冒険者と出会いました。まだ物心付いたばかりの子供でしたが、あの時のことは忘れません。つい最近も、夢に見たくらいです」

——思い出すように言う。


〝ほう、坊主にはわかるのか。だったら、俺が今から言う言葉をよく聞きな——〟


忘れることなんてできない。

俺がかつて出会った、あの冒険者のことを。

「ほう、なんという冒険者かな？　もしや名を知っておるやも」

そんな彼の言葉に対して、俺は首を左右に振った。

「わからないんです。当時の俺は、それを聞くことすらできなかった」

「ふむ……ではもう一度会いたいとは思わないのかね？」

「思います。でもそれは叶《かな》いません。その冒険者は……もう亡くなられましたから」

俺が言うと、ジェラーク総代は短い間沈黙する。

「……すまんな、配慮の足らぬ聞き方をしてしまった」

「い、いえ！　別にそんなつもりじゃなくて……！　俺もこれまで誰かに話す機会がなかったので、むしろ聞いてもらえると胸が軽くなります」

慌てて俺が言うとジェラーク総代も「では聞かせてくれ」と傾聴の姿勢を見せてくれる。

気を遣わせてしまって申し訳ないと思いつつ、俺も話し始めた。

「……まだ俺が6歳だった時、故郷の村の近くに凶暴なモンスターが住み着いたんです。初めは村の人間で駆除しようとしたんですけど、そんなに上手《うま》くはいかなくて……何人も犠牲者が出ました。駆除に出た人が戻らなくて、泣いている親族の姿は今でもよく覚えています」

「……部外者である冒険者が入るのを嫌う村は、今でも少なくない。惨《むご》い話だ」

「でもそんな時、一組の冒険者パーティが偶然村を訪れたんです。彼らはダンジョン攻略を終えた帰路だったようで、モンスターの話を聞いた彼らは討伐に名乗り出てくれました。そして討伐に赴く前日、俺は冒険者の1人と話をしたんです」

……今となっては、その冒険者がどんな顔をしていたのかも朧気《おぼろげ》だ。

でも彼に言われた言葉は、ハッキリと脳裏に焼き付いている。

「俺の目が、他の人には見えない〝隠しスキル〟を見ることができると知った冒険者は言いました。〝お前の目は人の才能を見抜くことができる。それは普通、人が長い時間をかけてようやく気付けるモノだ。お前はその目で、人を導く者になれ〟〝でも間違うな。本当に大事なのは才能ではなく、その才能を支える仲間の方なんだ〟――って」

「……」

「当時の俺には全然意味がわからなかったですけど……今なら彼の言っていたことがよくわかる気がします。世間がどうあろうと仲間を蔑《ないがし》ろにする奴は許せないし、ギルドマスターになった今は『追放者ギルド』の仲間たちを心から支えたいと思う」

追放者を導く者になろうとギルドマスターを志し、ここまで来た。

ステータスで仲間を選ぶ風潮を許せないから、こんな世界は変えてやると決意した。

思い返せば、やっぱり俺の人生は彼の言葉から始まっていたんだな――

「俺を諭してくれた冒険者とそのパーティは、モンスターを無事討伐してくれましたが……

……結局誰も生還しませんでした。聞いた話では、相当激しい戦いの痕《あと》があったと。名も知らぬ冒険者パーティは、偶然訪れただけの村のために命を懸けてくれたんです。少なくとも俺にとって、あの日から冒険者は尊敬の対象となりました」

「故に冒険者ギルドのギルドマスターとなって、名もなき冒険者の遺志を継いでいる、か……。なるほど、納得したわ」

ジェラーク総代はとても腑《ふ》に落ちた表情で、深く椅子にもたれかかる。

「お主がコレットとやらを決して見捨てぬ姿勢、誠に立派だ。今は理想と現実の板挟みに苦しんでいる状況だろうが、話を聞かせてくれたささやかな礼だ、少しばかり助言をさせてはもらえぬか？」

「！　ぜひお願いします！」

ジェラーク総代からの助言なんて、これほどためになるアドバイスもない。

俺は期待に胸を弾ませて耳を傾ける。

そして彼は小さく息を吸うと、

「――〝目で見えるモノが全てとは限らない〟〝されど可能性が視えるのは眼《まなこ》のみ〟」

ただ、そう語った。

その言葉に、俺は一瞬で困惑する。

「……？　それは、どういう……」

「必ずしも才が道を拓《ひら》いてくれるとは限らん。最も重要なのは意志なのだ。お主が追放者を救いたいという一念で、ここまで来たように。なれば一度、コレットという冒険者の意志を問うてみるがよい。時には、目よりも耳が真実を教えてくれるかもしれんぞ？」

ジェラーク総代は立ち上がり、杖《つえ》を突きながら自らの机へ向かう。

「それからお主の【鑑定眼】と、先程言っていた論説は興味深い。特に――〝隠しスキルの変化〟という発想が。その疑問に対して、面白い回答を出せそうな知人がいる」

「え？　本当ですか!?」

「ああ、もう長い付き合いだが、喰《く》えない奴でな……。折を見て訪ねてみるといい」

彼は苦笑しつつ言うと、俺に1枚の名刺を渡してくれる。

そこに書いてあった名前に――俺は見覚えがあった。

第2章　ステータス・スカウター

ジェラーク総代との会見から数日が経過し、俺は事務所まで戻ってきていた。

彼が最後に言っていた言葉の意味をずっと考えているけれど、答えらしい答えは思い浮かばない。

「〝目で見えるモノが全てとは限らない〟〝されど可能性が視えるのは眼《まなこ》のみ〟って……どういうことなんだ？　さっぱりわからない」

俺に【鑑定眼】に頼るなって言いたいのか？

でも可能性が視えるのは眼だとも言ってるし……

ああもう、よくわからん。

こうして考えてても仕方ないな。

俺は寝転がっていたソファから身体を起こし、「今日の仕事を確認するか……」と思った時、

「マスターさんマスターさん、今日はなにをするんスか!?　どんなモンスターを倒しに行くんでス!?」

薪割《まきわ》りを終えたコレットが俺にぐっと顔を近づけ、ワクワクした様子で聞いてくる。

ちなみに決して頼んだワケではないのだが、もう薪割りが彼女の日課のようになってしまった。

う～ん、まるで忠犬のような子だなぁ……無垢《むく》というか純粋というか……

それにしても——どんなモンスターを、か……

やっぱり、彼女は冒険が大好きなんだろうな。

元パーティからの追放という苦渋を味わっても、まだこれだけ明るく振る舞っていられる。

もしかすると空元気って部分もあるのかもだが、それはよほど冒険と冒険者を愛していなければ難しいことだ。

それだけに……俺としては心苦しくもある。

コレットには、まだ彼女自身の〝隠しスキル〟について打ち明けていない。

いや、正直今でもまだ話すべきかどうか悩んでいる。

仮に話したとして彼女がそれを受け入れられるかどうか——いや、それ以上に本当に〝スキル　なし〟なんてあり得るのか、と俺自身も納得できないでいるのだ。

……ああもう、考えていても埒《らち》が明かない。

案ずるよりも産むが易し、だな。

「いや、今日はダンジョンには潜らないよ。ちょっと人を訪ねに行こうかと思って」

「人、でスか？　どなたでス？」

「それは――」

俺が答えようとした――その矢先だった。

「キュイーー！」

バサバサッと羽ばたく音を奏でながら、開けられた窓に1羽の鷹《たか》が止まる。

それはカガリナの相棒であるハリアーだった。

「ハリアー！　久しぶりだね、どうしたんだ？」

「キュイ」

これを見ろ、とばかりに片足に結ばれた伝書をアピールするハリアー。

どうやらカガリナからメッセージを預かってきたらしい。

俺は紙を解《ほど》き、伝書を広げると――

「なになに……〝『アバロン』にてアイゼンに客人あり。早く来なさいよね。きっと驚くわよ。ｂｙカガリナ〟――って、客人……？」

なぜ俺の客人が『アバロン』に……？

まあこの事務所も起《た》ち上げて間もないから、相手が知らなかったとしても無理はない。

それにしても、随分もったいぶった内容だな。

客人がどこの誰なのか全く書かれていない。

あのカガリナが〝きっと驚くわよ〟なんて書くってことは、かなりの大物が来てる――ってことなんだろうか。

ともかく呼ばれたならば、行くしかあるまい。

「……コレット、日程は変更だ。これから『アバロン』へ向かう。お客さんを待たせちゃ悪いからね」

「了解っス！　それじゃ、ヴィリーネさんとマイカさんを呼んできまスね！」

ビシッと敬礼するや、走り去っていくコレット。

皆でって、そんな大所帯で行く必要性もない気がするけど……まあ他に急ぎの用事があるワケでもないからいいか。

◇　◇　◇

事務所を出た俺たちは『デイトナ』の街を通り、客人の待つ『アバロン』へと向かう。

街は今日も多くの人通りがあり、正午すぐという時間も相まって賑《にぎ》やかだ。

大通りですれ違う多くの冒険者たち。

中には『アバロン』に所属している見知った顔もおり、目が合うと手を振ってくれる。

アクア・ヒュドラを倒して以降、こういうのがごく普通の日常になった。

手を振り返す俺を見て、マイカが悪戯《いたずら》っぽく笑う。

「マスターもすっかり有名人になっちゃったわよねぇ。スター気分で街を歩くのはどんな気分かしら？」

「おいおい、やめてくれよ。俺はそんなんじゃない」

「謙遜《けんそん》よ。マスターは今や追放者だけじゃなく、全ての新人ギルドマスターにとっても羨《せん》望《ぼう》の的だもの。そう遠くない内に、もっと多くの追放者があなたの下を訪れるでしょうね。楽しみだわ」

「そうですよアイゼン様！　とっても楽しみです！」

どこか自慢気なマイカと、はしゃぐヴィリーネ。

いやぁ、まいったな。

こうも期待されちゃ、俺ももっと威厳があって頼りがいのある感じのギルドマスターにならないと、うんうん。

……でも威厳ってどうやって身に付くんだろ？

そうだなー髭《ひげ》でも生やしてみようかなー、でも絶対似合わないって言われそうだけど…

……

なんて考えつつ歩いていると、

「あの～……スみません、ちょっと気になったんスけど」

「ん？　なんだいコレット？」

「いえ、そういえば『追放者ギルド』の皆さんは〈ステータス・スカウター〉を着けてないなって……。珍しいじゃないっスか、今時」

　コレットが周囲の冒険者とヴィリーネたちを見比べる。

　確かに道行く冒険者たちは、ほぼ例外なく〈ステータス・スカウター〉を腕に着けている。

　事実、今や〈ステータス・スカウター〉は冒険者の必需品と言ってもいい。

　俺もすっかり見落としていたが、コレットもまだ腕に着けたまま。

　彼女が不思議に思うのも無理からぬことだった。

「ああ……そういえばコレットには詳しく話してなかったね。『追放者ギルド』は追放された冒険者を集めるギルド。そして追放者はステータスの低さを理由にパーティを追われる場合がほとんどだ。コレットもそうだよね」

「え、ええ……そうでスけど……」

「でも俺は、〈ステータス・スカウター〉が示す能力値には意味がないと思ってる。冒険者の価値は数値《ステータス》では決まらない。むしろソレは冒険者の本質を隠してしまう。そんな物……捨ててしまった方がいい」

ハッキリ言って嫌悪感すらある。

こんな腕輪が表示する数字のせいで、いったいこれまで何人の冒険者が不当な扱いを受けたことか。

確かに、ステータスが見えるというのは便利だ。

だがそれを絶対至上として、他を蔑《ないがし》ろにするのだけは間違ってる。

そう信ずるからこそ、俺はここまで来たのだ。

……もっとも、この考えにコレットが賛同してくれるかは――

「――――カッコいいっス……」

「え？」

「超、超超超～カッコいいっスよッ！　流石はマスターさん！　感動したっス！」

コレットはグッと拳《こぶし》を握り締め、キラキラと目を輝かせる。

「やっぱり『追放者ギルド』に入ってよかったっスよ！　〝冒険者の価値は数値《ステータス》では決まらない〟なんて言える人、他にはいないっスもん！　どこまでも付いていくっス！」

そう叫んだコレットはおもむろに〈ステータス・スカウター〉を外すと、それを捨てて俺の手を両手でガチッと握る。

なんだかえらく尊敬されてしまったようだ。

「コ、コレットさん……!?　こんな街中でアイゼン様と手を繋《つな》ぐなんて、な、なに考えてるんですかぁ！」

顔を真っ赤にしたヴィリーネが慌ててコレットを止めに入る。

別に恋人同士が手を繋ぐみたいなのとは意味合いが違うんだし、そんなにマズいことかな？

相変わらず彼女の乙女心は複雑だ……

それにしても――――付いていく、か……

彼女の〝隠しスキル〟について知っている俺としては、正直プレッシャーだな。

だがそう言ってくれたお陰で、改めて決意できた。

――俺はコレットを見捨てない。見捨てるもんか。

〝隠しスキル〟がなくても、仲間の士気を上げてくれる彼女の価値は大きいんだ。

それに〝スキル　なし〟っていうのは、個人的興味も尽きない。

なんて思っている内に――俺たちは『アバロン』に到着する。

「お邪魔するよ。カガリナ、いるかい？」

俺は挨拶《あいさつ》しながら建物の中へ入って行く。

するとカウンターにはいつものようにカガリナが立っており、その横には俺たちより一足先に到着していたハリアーの姿も。

「あら、いらっしゃいアイゼン。遅いじゃない、待ってたのよ」

「アハハ、ごめんごめん。それで、俺の客人っていうのは？」

誰だろう、知り合い……とは思えないが。

まあ『追放者ギルド』の噂を聞いてコレットが訪ねて来たくらいだし、どんな人が来てもおかしくないと言えばおかしくない。

「ホント、有名になるってこういうことなのね。驚くわよ～とんでもないＶＩＰの登場なんだから。ホラ、あの奥の席に座ってる——」

カガリナが広間の奥を指差そうとした——その時、

「おぉ……？　コレット、そこにいるのはコレットじゃねぇか！」

突然、俺たちへ向かってそんな声が飛んでくる。

その声が発せられた方へ顔を向けると、そこには3人の冒険者の姿が。

しかし、これまで『アバロン』で見たことのない顔ぶれである。

おそらくは新参、元は余所《よそ》で活動していたのだろうが、仕事を探してここまで来たという手合いだろう。

とはいえ全員が比較的上等な装備をしていることから、ランクの高いパーティであることはわかる。

「まさかこんな所で会うなんて、奇遇だなぁオイ。元気にしてたかぁ？」

「げっ……ダッジ、それにビュイックにジャクソン……どうしてここに……！」

ケラケラと笑うパーティリーダーらしきスキンヘッドの男と、他にもその仲間らしき男が２人。

どうやらリーダーはダッジという名前らしく、コレットとは顔見知りらしい。

コレットは彼らを見た瞬間、かなりバツが悪そうにする。

「？　コレット、彼らと知り合いなのか？」

「いやまぁ……知り合いといいまスか、なんといいまスか……」

「コレットは元々、俺たち『トールハンマー』の一員だったのよぉ。もっとも、役立たずだったんで追放しちまったんだけどな、ガハハ！」

大声で笑い飛ばすダッジ。

——彼が放った一言は、すぐに俺の癇《かん》に障る。

「……役立たず、だって？　コレットが？」

「おうとも、今の俺たちは泣く子も黙るＳランクパーティだからな。ステータスは低いわ戦闘じゃ足手まといだわ、コイツはもう邪魔だったんだ。だから追放したってだけよ。シンプルで今風《いまふう》な理由だろ？」

　まるで悪びれる様子もなく、ダッジは仲間たちとゲラゲラ笑う。

　そんな彼らに対し嫌悪感を抱いたのはなにも俺だけではなく、ヴィリーネが怒りの表情で1歩前に出る。

「あなたたち、本人が目の前にいるのになんてことを……！」

「いいんでス、ヴィリーネさん」

　ヴィリーネを止めるコレット。

　怒るヴィリーネとは対照的に、彼女はどこか諦念《ていねん》しているようだった。

「ウチが実力不足だったのは事実でスから……。責める資格はないんでス。だから怒らないでください」

「そんなワケにはいきません！　だって今のあなたは、まるで——！」

　——昔の自分みたいだ、ヴィリーネにはそう見えているのだろう。

　だからこそ黙っていられない。もしここで黙っていては、それはかつての自分を見捨てるのと同じになってしまうから。

そんなやり取りを見ていたダッジはスキンヘッドの頭を撫《な》でながら、

「なんだい、やるかいお嬢ちゃん？　言っとくが、俺たちに喧嘩《けんか》を売るのはやめといた方がいいぜ？　強《つえ》えからな、俺たち『トールハンマー』は」

続けてダッジは見下すように、俺たちの手首を見る。

「それに、お前らコレットを拾ってやったみたいだが……〈ステータス・スカウター〉を着けてないところを見るに、どうせ低ランクの弱小パーティだろ。ステータスを見られるのが恥ずかしくって、着けたくても着けられないって奴らだ。それがSランクパーティに歯向かうなんざ、百万年早《はえ》えよ。ガハハ！」

バカにした笑い声を響かせるダッジ。

それに続いて『トールハンマー』の他のメンバーもギャハハと笑う。

だが――そんな彼らを見ていたマイカが、ふぅとため息を吐いた。

「……足元を見られたモンね。いや、この場合は手元かしら。すごいコケにされちゃったけど……どうするの、マスター？」

「どうするもなにも――決まってるだろ」

喧嘩なんて好きじゃないけど――ここまで言われて黙ってちゃ、ギルドマスターの名が廃る。

俺はコレットの肩を持ち、ダッジら『トールハンマー』の面々を見据えて言い放つ。

「アンタらがどう思おうと勝手だけど、コレットはもう俺たち『追放者ギルド』の一員だ。仲間を貶《けな》され黙っているつもりはない」

「マスターさん……！」

「それにコレットは役立たずなんかじゃない。その発言も撤回してもらう。……ここじゃカガリナに迷惑だし、表に出ようか」

どうせ言葉で言ったって聞く耳など持つまい。

ならば、『追放者ギルド』の力を見せるのみ。

そう思ったのだが――『トールハンマー』のメンバーの1人が、突如血相を変える。

「追放者……『追放者ギルド』だって!?　おいダッジ、コイツらやべぇぞ！」

「あん？　なんだよ突然」

「忘れたのかよ！　少し前にアクア・ヒュドラを倒して話題になったギルドだ！　『ヘカトンケイル』のSランクパーティですら討伐に失敗した話、聞いただろ！」

「なに……!?　それじゃこんなガキ共が……!?」

一気に額から汗を吹き出すダッジ。

へぇ、やっぱり有名になってるんだな、アクア・ヒュドラの件は。

けど今はそんなのどうでもいい。

彼らにコレットを侮辱した罪を償ってもらうだけだ。

「……どうした？　来ないのかい、Ｓランクパーティの『トールハンマー』？」

出口の扉に手を掛け、誘う。

俺の後ろに立つヴィリーネやマイカも俄然《がぜん》やる気で、闘気に満ちている。

カウンターで見守るカガリナも「あ～あ」という表情だ。

ダッジたちの表情が引き攣《つ》り、身体が強張《こわば》る。

どれほど自分らの実力に自信があったのかは知らないが、きっと内心で後悔しているのだろう。

だが――――そんな時だった。

「……『追放者ギルド』？　あなた方が『追放者ギルド』なのですか？」

広間の奥の席で、１人の男が立ち上がる。

どうやら俺たちのいざこざを見ていたようで、彼は足早に俺たちの下へと向かってくる。

「あ、ちょっと――！」

カガリナが制止しようとするが、彼は止まることなく俺の目の前まで来ると、

「では、あなたが団長のアイゼン・テスラー殿？」

「え？　ええ、一応そうですけど……」

「おお！　お会いできるのを楽しみにしておりましたよ！」

　男は俺の手を握ると、嬉《うれ》しそうにブンブンと大きく振るう。

　場の空気をまるで読まない彼の乱入に、困惑を隠せない俺たち。

「えっと、あなたは……？」

「あ〜……アイゼン、この人よ。アンタを訪ねて来た客人っていうのは」

　カガリナが説明してくれる。

　ああ、そういえばさっきそんなこと言ってたっけ……

　男の年齢は20代後半から30歳くらいで、サラリと流れる栗色の髪と丸メガネ、そしてブカブカのコートが特徴的。

　格好からして魔術師——いや、おそらく錬金術師《アルケミスト》だろう。

「ご紹介が遅れました。私の名前はファウスト・ムルティプラ。本職は錬金術師ですが、同時に発明家もやっております。以後よろしく」

　ファウストと名乗った男はにこやかに笑うが——次に放った一言は、俺を驚愕《きょうがく》させるには十分なモノだった。

「……いえ、こう言った方が早いですかな？　私こそが――〈ステータス・スカウター〉の発明者である、と」

「――ッ！　あなたが……!?」

　驚いたのはなにも俺だけではなかった。

　すぐ傍にいたマイカも目を見開き、

「そうだ、本で読んだわ！　天才発明家のファウスト！　〈ステータス・スカウター〉の実用化で一躍名を轟《とどろ》かせた稀代《きだい》の錬金術師……まさかこんな所でお目にかかれるなんてね」

「存じて頂けて光栄ですよ。ですが、私もあなた方のことはよく知っている」

　ファウストはメガネをくいっと動かすと、

「ステータスの低さを理由に追放された者たちだけで結成される『追放者ギルド』……。響きだけなら負け犬の群れとも思えるが、その実力はかのアクア・ヒュドラを倒してしまうほど……。ステータスの低い者たちが何故それほどの強さを持つのか、興味関心は尽きません」

とても興味深気に俺たちを一望するファウスト。

その目つきには、どことなく寒気を覚える。

――〈ステータス・スカウター〉の発明者……

俺にとって最も忌むべき装置であり、冒険者たちの間に差別と迫害を生み出すことになった元凶……

今ここにいるヴィリーネ、マイカ、コレット、その全員が〈ステータス・スカウター〉が示す数値によって不幸を味わわされている。

そんな物を生み出した人物とあって、俺はどうにも彼にいい印象を持てなかった。

「……それで、その高名な発明家さんがいったいなんの用ですか？」

「お話が早くて助かります。私はあなたたちに協力を依頼しに来たのですよ」

「協力……？」

「そうです、私はあなた方のデータが欲しい。ステータスが低いにも拘《かか》わらず、Sランクパーティすら凌《りょう》駕《が》する冒険者たち……。その情報《データ》はとても貴重だ。その秘密を解析できれば、冒険者の世界により貢献できるはず。素晴らしいことだとは思いませんか？」

高らかに腕を掲げ、さながら演説でもするかのように説くファウスト。

冒険者の世界に貢献――なるほど、悪くない響きだ。

だが……俺には、その行き着く果てが容易に想像できてしまった。

「……お断りします。俺は──『追放者ギルド』は、あなたに協力することはできません」

「ほう……？　それは何故？」

「あなたの立場からすれば、〈ステータス・スカウター〉は確かに冒険者の世界に貢献しているように映るかもしれません。だがあなたの作った物は、冒険者の世界に差別と迫害を生んでしまった。俺たちはそれが許せない」

「奇異なことを言いますね。世の中が力のある者とない者に分け隔てられるのは自然の摂理です。それにあなた方の協力があれば、そんな差別はなくせるのですよ？　あなたたちと同じ者が、力のある側になれるのですから」

「ア、アイゼン様……」

ヴィリーネが不安そうに俺を見つめる。

確かにファウストの言うことにも一理ある。

彼は彼なりに志すモノがあることも理解できる。

だが──

「だが、それでは結局また新たな差別が生まれることになる。あなたがやろうとしていることは、どこまでいっても〝冒険者の選別と淘汰《とうた》〟でしかない。俺が目指すのはあくまで差別の根絶であって、〝追放ブーム〟なんて言われる世の中を変えることだ。……俺とあなたの考えは、決して相容《あいい》れない」

そう、俺とファウストの思想は根本から真逆なのだ。

俺にとって、ステータスの低い追放者は決して無価値なんかじゃないと示せればそれで十分。

決して〝追放者は非追放者より優秀だ〟などと叫びたいワケじゃない。

あくまで冒険者を上辺の数値だけで推し量る世の中は間違っているというのが俺の主張だ。

対して彼が目指すのは、差別と淘汰が促進される世界。

それが受け入れられ、〈ステータス・スカウター〉が世に広まった結果、多くの人が不幸になってきた様を……俺はこの目で見てきた。

ファウストは、それを繰り返そうとしている。

協力など——できるワケがない。

俺の答えを聞いたファウストは、

「……なるほど、なるほどなるほど。それがあなたの答えですか。ふむ」

やや俯《うつむ》き気味になって、考えるように顎《あご》を擦《さす》る。

けれどすぐに俺を見つめ直すと、その眼光は鋭さを増す。

「ではお尋ねします。噂で聞いたのですが……アイゼン・テスラー、あなたの目は他者の隠された能力を見ることができる——というのは本当ですか？」

「……ええ、本当です」

「ならばあなたは仲間を引き入れる際に、必ずその能力を見ているはずだ。だからこそ追放者には価値があると主張できるのですからね。それはつまり——結局あなたも〝能力によって冒険者を選別している〟ということになるのでは？」

「！」

——それは、予想だにしない言葉だった。

ファウストの言ったことに、ヴィリーネたちも衝撃を受ける。

「そ——そんなはずありません！　アイゼン様をあんな人たちと一緒にしないでください！」

「しかし事実として、あなたたちはなにかしらの優れた能力を持っているのでしょう？　逆を言えば……あなたたちに特別な力がなかったなら、彼は同じように仲間にしたでしょうか？　なんの利用価値もない、ただステータスが低いだけの追放者を」

「それ、は……っ！」

返答に詰まるヴィリーネ。

ニヤリと不敵な笑みを浮かべたまま、ファウストは俺を見る。

「同じ穴のムジナなんですよ、あなたと私は。見ている部分が数値《ステータス》か能力《スキル》か、その違いでしかない。意識するしないに拘わらず、結局は冒険者を選別している。むしろ選別だけして利用しない分、私の方が善良かもしれませんね」

ファウストのかけるメガネに、俺の姿が映り込む。

まるで自分たちは所詮《しょせん》映し鏡だと言うように。

彼は勝ち誇ったかのような顔で、

「……アイゼン・テスラー、最後に問いましょう。あなたは『追放者ギルド』のメンバーに特殊な能力がなかったなら、本当に仲間にしましたか？　自分はメンバーの能力を利用しているだけではないと……本当に、そう言い切れますか？」

問うてくる。

それに対して、俺は——

「言い切れる」

——答えた。

間髪入れずに。一寸の間もなく。

俺の返答に、ファウストは完全に面食らう。

どうせ即答できまいとでも思っていたのだろう。

「言い切れるよ。だって俺はそういう人間だから。それに実際、そういう子を仲間にしたしさ」

ポリポリと後頭部を掻《か》いて、苦笑気味に俺は言う。

「確かに俺の目には他人の〝隠しスキル〟を見抜く能力がある。その能力をギルドのために利用していないのかと聞かれれば、利用しているだろう。それには否定も反論もできない。だけど『追放者ギルド』が強いのは、その能力だけが理由じゃない」

「で、ではなんだと——っ！」

「……それがわからないのが、俺とあなたの違いなんだ」

そう言うと、今度はファウストの方がグッと答えを詰まらせる。

俺は憐憫《れんびん》を含んだ目で彼を見て、

「冒険者は腕っぷしの強さだけが全てじゃないよ。大事な物は他にもたくさんある。それに〈ステータス・スカウター〉の数値が高い者だけで集まった冒険者パーティが、思うように結果を出せていない事実を知っているか？」

「……ッ！」

ギリッと悔しそうに歯を鳴らすファウスト。

どうやら、彼にとってその事実が最も認めがたいモノらしい。

俺たちに歩み寄ってきたのも、その理由を探る一環ってところだったんだろうな。

「今、多くの冒険者が〈ステータス・スカウター〉のせいで不幸になっている。あんな物はない方がよかったんだ。あなたは……アレを作るべきじゃなかった」

――その一言に、ファウストの形相が一変した。

「作るべきじゃなかった……だと……？　私の、私の最高の発明をっ、私の最高傑作を侮辱したなッ⁉　お前なんかがッ、お前程度の凡才がッ！　断じて許さんぞッ!!!」

血走った目で俺を睨《にら》み、まるで化けの皮が剝《は》がれたように敵意を剝《む》き出しにする。

「私はなァ、お前なんかとは違うんだ！　私は天才の発明家で、世界中が私を必要としているんだよ！　〈ステータス・スカウター〉のせいで冒険者が不幸になっているだと⁉　だからどうした！　不幸になってるのは所詮生きている価値もない役立たず共で、私の発明は大衆の役に立っているだろうが！　役立たずを集めて少しばかり名を売ったからって、図に乗るなよクソがッ!!!」

息を荒らげ、さっきまでの丁寧な口調とは打って変わって口汚く罵《ののし》るファウスト。

……なるほど、どうやらこれが彼の本性らしい。

傲慢《ごうまん》なまでの自信家であり、自らを天才と信じて疑わないエゴイスト。

同時に自分が否定されることを許せないナルシストでもある。

〈ステータス・スカウター〉を作った人間がこんな奴とは……納得してしまうな。

ファウストは腹の虫が治まらない様子で、

「フゥー……フゥー……！　……いいだろう、私の〈ステータス・スカウター〉が本当に生まれてくるべきじゃなかったかどうか、証明してみせようじゃないか」

俺を指差し——言い放つ。

「〝決闘〟だ！　お前ら『追放者ギルド』に対して、冒険者同士による正規の決闘を申し込む！　拒否などするまいな！」

——〝決闘〟。

その言葉に、この場にいたほとんどの者に緊張が走る。

しかしヴィリーネとコレットの2人は、不思議そうに小首を傾げた。

「け、決闘……っスか？」

「えっと、それって喧嘩《けんか》となにが違──」

「違うわ。この場合の〝決闘〟と喧嘩は根本的に違う」

そんな2人に対して、マイカが補足する。

「私的な理由での冒険者同士の流血沙汰《ざた》を防ぐために、パーティやギルド間での〝決闘〟っていうのは問題解決の手段として認められているのよ。この〝決闘〟のルールはただ1つ、ダンジョン内において提示された目的を先に達成すること。それは例えばモンスターの討伐だったり、アイテムの調達だったり……原則として冒険者ギルド連盟が決めることになってるの」

「へぇ～……知らなかったっス。そんなのがあるんスね」

「知らないのも無理ないわ。冒険者ってのは頭に血が上りやすくて喧嘩っ早い奴ばっかりだから、連盟の手続きなんて踏む前に手が出るし。それに最近は〝追放ブーム〟のせいでパーティ同士の喧嘩も減ってるからね」

「なるほど……。でもマイカちゃん、どうしてそんなに詳しいんです？」

「前のパーティにいた時に、何度か吹っ掛けられたのよ。……で、マスター？　この〝決闘〟──受けるの？」

マイカは俺に向かって聞いてくる。

そう、俺もギルドマスターの端くれだから〝決闘〟については勿論《もちろん》知っている。

そしてこの〝決闘〟は、拒否することができるということも。

これはあくまで互いの了承があった上で成り立つモノ、どちらか片方が首を横に振ればその時点で冒険者ギルド連盟の審査を通らなくなる。

あくまで当事者の両方が白黒ハッキリつけたい場合にのみ行われるのだ。

だからマイカは尋ねたのだろうが——

「……ああ、受ける。ファウスト・ムルティプラ、俺たち『追放者ギルド』はあなたとの〝決闘〟に応じよう」

生憎《あいにく》と、俺はこう見えて売られた喧嘩は買う性質《たち》なんだよ。

いや、この場合は喧嘩じゃなくて〝決闘〟だけど。

それに——これは俺にとっても〝追放者は役立たずなんかじゃない〟と改めて世間に知らしめることのできる絶好の機会でもある。

「ククク……そうでなくてはな！　必ず後悔させてやるぞ、負け犬共め！」

「だけど、そっちは誰が直接ダンジョンに潜るんだ？　まさかアンタだなんて言わないよな」

「当たり前だ、私は戦いに関しては専門外だからね。ふむ……そこのキミたち」

ファウストはダッジら『トールハンマー』の面々を指差す。

ああ、そういや彼らもいたのをすっかり忘れてたな……

「うぇ!?　お、俺らか!?」

「ああそうだ。なんでも、キミらはSランクパーティらしいね？　であれば高いステータスを持つはずだ。私が雇ってあげるから、彼らと〝決闘〟してくれたまえ」

「い、いやしかし、いきなりンなこと言われてもよぉ……」

「報酬はたっぷりと弾ませてもらうよ。そうだね、金貨１０００枚――いや２０００枚でどうかな？」

「に……っ!?」

ファウストの口から出た金額に驚くダッジたち。

これは大きく出たな。金貨２０００枚って、俺たちがアクア・ヒュドラを倒して貰《もら》った額の2倍だぞ……

それをSランクとはいえ会ったばかりのパーティにポンと出すとは、やはり〈ステータス・スカウター〉の利権で得た富は計り知れないってことか。

それと同時に……彼が冒険者のことを腹の底でどう思っているか、よくわかる光景でもある。

ファウストが提示した巨額に、ダッジたちの目の色が変わる。

「……へへへ、そこまで俺たちの力を買ってくれるってんなら、断るワケにはいかねぇよなぁ？」

ニヤリと下卑た笑みを浮かべたまま、『トールハンマー』の面々は俺たちの前に立つ。

「あのアクア・ヒュドラを討伐した奴らとの喧嘩なら御免だが、直接やり合うワケじゃねえ〝決闘〟なら話は別だ。金貨２０００枚の大仕事となりゃ、手は抜かねぇ。悪く思うなよ、コレット？」

「ダッジ……！」

睨み合うコレットとダッジ。

さっきまでビビってたのに、金を積まれて手の平を返すとは……呆《あき》れるというか現金というか……

彼らを巻き込んでしまったのか俺たちが巻き込まれてしまったのかもうわからないが、コレットをバカにした報いを受けさせるには丁度いい。

いずれにせよ——役者は揃《そろ》った。

「では決闘は10日後、場所と内容は追って知らせる。逃げるなよ、『追放者ギルド』？ククク……ハハハハハ！」

高笑いと共に去って行き、建物を後にするファウスト。

『トールハンマー』も彼の後に続き、俺たちの前から消えていった。

残された俺は、ため息交じりにポリポリと頭を掻く。

「やれやれ……また大変なことになっちゃったな……」

「大変なことになっちゃったな、じゃなーいッ！」

怒涛《どとう》の勢いで、カガリナが俺の耳元で声を張り上げる。

「ちょっとアイゼン！　アンタ、自分が誰に喧嘩売ったかわかってる⁉　あの天才発明家で億万長者のファウストによ⁉　下手なSランクパーティに突っかかるのとはワケが違うってば！」

「そりゃそうかもしれないけどさ……。でも俺たちは〈ステータス・スカウター〉のせいで差別されて、これまで不遇な目にあってきたんだ。とても協力なんてできないよ。それに、これで勝てばステータスは絶対的な指標にならないって証明にもなる。そうだろ？」

「そうね、マスターの言う通りだわ。これはむしろ、いい機会かも」

マイカは不敵に笑って言う。

続いてヴィリーネやコレットも俺の傍に歩み寄り、

「私もアイゼン様が正しいと思います！　これまでずっと、ずっとずっと〈ステータス・

スカウター〉のせいで苦しんできたのに、それを作った人なんて信じられません！」

「ウチもです！　マスターさんを信じるっスよ！　でも、その……さっきのは……」

コレットはなにかを言いかけたが、すぐにいつも通りの調子に戻り、

「い、いいえ、なんでもないっス！　そうでスよ、ダッジたちに一泡吹かせてやろうじゃないっスか！」

「ああ、勿論。この〝決闘〟……必ず勝とう」

「「「おー！」」」

腕を振り上げ、一致団結する『追放者ギルド』。

そんな俺たちを見て「あ〜もう、コイツらは……」と頭を抱えるカガリナ。

すると、

「ようよう、なんだか面白いことになっちまったみてーじゃねぇかアイゼン？」

「！　ライドウさん！」

2階の手すりにもたれかかり、ニヤニヤと楽し気に笑うライドウさんが姿を見せる。

彼は階段を下りて俺たちの下まで来ると、

「今度はあのファウストに喧嘩を売るたぁ……マジで大した肝っ玉だよ。いやホント、お前を見てると飽きねーわ」

「アハハ……俺はこれまで喧嘩を売られたことしかないんですけどね……」

「気にすんな気にすんな、どっちでも変わんねーよ。それに好きだぜ？　そういう思い切りがいいのは」

豪快に笑って、俺の肩をバンバンと叩《たた》くライドウさん。

この人も若い頃はやんちゃだったらしいしなぁ……

冒険者のいざこざを見ると「いいぞもっとやれ」って火に油を注ぎたくなるんだろう。

けれど笑っていたのも束の間、彼のバンダナの奥に隠れた目は鋭さを取り戻す。

「しかし――気ぃ付けろよアイゼン。〝決闘〟の相手があのファウストとなると、ちっとばかし面倒かもしんねーぜ？」

「？　それは、どうして？」

「〈ステータス・スカウター〉が成功して以降、アイツは冒険者ギルド連盟に強いパイプを持ってる。ファウストが一声かけて金を積めば、幾らでも言うことを聞くって連中は連盟内にごまんといるんだ。しかも〝決闘〟は連盟を通さないとならねぇ。……言ってる意味、わかるか？」

「……つまり彼が賄賂《わいろ》を出せば、必ず彼らが〝決闘〟に勝てるように仕向けることもできる、と？」

「ああ、連盟のお墨付きで、正規の手続きに則《のっと》った上でな。なにをされるかわかったモンじゃないぜ」

そう注意してくれるライドウさんの耳を、カガリナがむんずと掴《つか》む。

「ちょっと、そうわかってるなら親父が止めなさいよ。なんのために〝四大星帝《クアッド・マスターズ》〟やってるワケ？」

「いでででで！　そ、それができたらこんなこと言わねーよ！　それにファウストの野郎はヴォルクの派閥と癒着してやがるんだ！　オレの目の届かない所で裏工作されたら、簡単には手が出せねぇって！」

ヴォルク——ライドウさんと同じ〝四大星帝《クアッド・マスターズ》〟であるヴォルク・レオポルドの派閥か。

確か、武闘派で鳴らすヴォルクは他派閥との馴《な》れ合いを良しとしないと聞いたことがある。

冒険者ギルド連盟は、世界中の冒険者や冒険者ギルドを束ねる巨大組織。

そんな組織を構成する人員は途方もなく膨大であり、当然派閥も存在している。

〝四大星帝《クアッド・マスターズ》〟の1人であるライドウさんの権限が大きいのは間違いないが、それは残り3人も同じこと。

〝四大星帝《クアッド・マスターズ》〟同士でも派閥があり、そしてそれ以外でも派閥があり——そうなると、ラ

イドウさんの言うことを聞かない者たちも一定数いるはず。

おそらく、あのファウストという男は狡猾《こうかつ》で知慮深い。

ならばヴォルクと繋《つな》がりの深い者たちを買収して〝決闘〟に挑むつもりだろう。

「ファウストって人間は相当プライドが高いことで有名でよ。特に自分と自分の発明が貶《けな》されるのを絶対に許さないんだと。わざわざお前に〝決闘〟を挑むなんて派手な真似をしたのも、その結果を大衆に見せつけるためだろうさ」

「ステータスの低い者が集まった『追放者ギルド』と、〈ステータス・スカウター〉を作ったファウストの〝決闘〟……。確かに、これほど巷《ちまた》で騒がれそうな組み合わせもありませんね、アハハ」

「まるで他人事《ひとごと》みたいに言わないでってば！　ど、どうするのアイゼン⁉」

不安そうに叫ぶカガリナ。

それだけ俺たちのことを案じてくれているのだろう。

その心配は嬉《うれ》しいけど――

「うーん……どうするもこうするも、別に正面から挑むだけさ」

「ハ……ハァっ⁉」

「俺には連盟の人を買収できるような伝手《つて》もお金もないし、だったら変な悪あがきするより堂々と挑んだ方がマシだよ」

「ンな……！　アンタって本当にっ、バカなの⁉　死ぬの⁉　毎度毎度心配するこっちの身にもなれこの天然タラシスカポンタンの自爆性癖者ッ！」

そう叫んで俺に鋭いチョークスリーパーをかましてくるカガリナ。

酷《ひど》いなぁ、そこまで言わなくてもよくない？

俺だって一応勝算が1か0かくらいは考えた上で言ってるつもりなんだが……

——なんて思っていると、俺の首を絞める力が弱まる。

「……ようやく、ようやくここまで来たんじゃない。無茶して、頑張って……。少しずつ認められるようになってきたんじゃない……。それが全部、台無しにされるかもしれないのよ……？　なんで、どうして笑っていられるの……？」

「カガリナ……」

彼女の目尻《めじり》に、涙が浮かぶ。

どうして——どうして、か。

それは、きっと——

「……彼女たちがいるからだよ」

「え？」

俺は顔を上げる。

その視線の先には、ヴィリーネ、マイカ、コレットの3人が佇《たたず》む。

「俺には『追放者ギルド』の仲間がいるから、だから笑えるんだ。どんな無謀なことも、決して無理じゃないって思える。そりゃこれまでもダメだ無理だって思うことはたくさんあったけど、でも彼女たちのお陰で乗り越えることができた。それにカガリナもいてくれるしさ」

「ア、アタシ……？」

『ビウム』でマイカが攫《さら》われた時、アクア・ヒュドラ討伐を依頼された時、もう無理だと思った。

でも、無理なんかじゃなかった。

俺が不可能だと思ってしまったことを、皆が可能にしてくれたんだ。

俺はそれを誇りに思ってる。

だから俺は笑えるんだ。

笑って前に進むことができるんだ。

彼女たちが背中を押してくれる限り、俺は臆《おく》せず歩もう。

それが、俺を信じてくれる彼女たちに報いることになるのだから。

「それにホラ、やっぱりギルドマスターって笑ってるべきだろ？　組織のボスってどっしりと構えて、常に笑顔で大らかで……そういう方がカッコよくない？」

「ア、アンタの理想的なギルドマスター像なんて聞いてないわよ！」

「むぐっ⁉　ギ、ギブ……っ！」

再び首を絞め上げられる俺。

おかしいなぁ、いいこと言ったと思ったのに……

そんな俺たちを見ていたライドウさんが、不意に笑う。

「……この〝決闘〟、まだ場所も内容もわからねぇ。お前らに有利に働く要素は何一つない。それでもアイゼン、逃げるつもりはねぇんだな？」

「勿論《もちろん》」

俺は答える。

「ここで逃げたら、結局〝追放者は臆病《おくびょう》者の役立たずだ〟と言われてしまう。俺たち『追放者ギルド』は、世界中の追放者の希望にならなきゃいけないんです。だから、俺は決して逃げたりなんかしません。ただ——挑むのみです」

それを聞いたライドウさんは、より愉快そうな顔をした。

「ハッハハハ！　いやいや、そうじゃないとな、アイゼン・テスラーって男は。こりゃカガリナ以上にオレの方が惚《ほ》れちまいそうだぜ」

「!?　このクソ親父、なに言ってんの!?　あ～もう嫌い！　皆嫌い！」

顔を赤くしたカガリナはプンプンと怒ったまま、カウンターの奥へと消えていってしまう。

ライドウさんはため息を吐いて、

「やれやれ……アイツが晴れ姿を見せてくれるのは、いつになるのやら。まあいい、お前にそこまで男気を見せられちゃ、オレもやれるだけのことはしてやらねぇとな」

「いえ、なにもそこまで――」

「お節介くらい焼かせろよ、それが中年の甲《か》斐《い》性《しょう》ってモンなんだ。出来る範囲で目を光らせておいてやる」

「ありがとうございます。……ただ、この件は総代には内緒にしておいてもらえませんか？」

俺が言うと、ライドウさんは驚いた顔をする。

前以《まえもっ》て釘《くぎ》を刺された、とでも言いたげだ。

「これはあくまで俺たちとファウストの問題ですから、総代にまで迷惑をかけられません。それに、後になって〝総代に泣きついた〟なんて言われるのも癪《しゃく》ですから」

「……いいだろう、ジジイには黙っておいてやる」

ま、いずれバレるだろうけどよ、と続けるライドウさん。

そして——この日から5日後、俺の下に〝決闘〟の詳細が書かれた果たし状が届くのだった。

◇　◇　◇

——〝決闘〟の当日。

俺たち『追放者ギルド』は〝マンイーター・キャニオン〟と呼ばれる大きな渓谷のダンジョンまでやって来ていた。

マンイーター・キャニオンは斜面に草木がほとんど生えておらず、大小無数の岩石が剝《む》き出しになっている。

遠くからだと見晴らしがよさそうに見えるが、いざ進んでみると人の何倍も大きな岩が行く手と視界を塞《ふさ》ぐ難所だ。

モンスターも手強《てごわ》い相手が多く、ここに挑戦して命を落とす冒険者は後を絶たない。

そんな難所故に、ついた名称が人喰い渓谷《マンイーター・キャニオン》。

まさに冒険者としての実力を試すには絶好のダンジョンとも言える。

……で、俺はここでファウストや『トールハンマー』と、静寂の中で粛々とした〝決闘〟が行われるモノと思っていた、のだが……

『さーあさあオーディエンスの皆様、本日はお越し頂き誠にありがとうございます！　此《こ》度《たび》行われるのは強靱《きょうじん》無比なSランクパーティ『トールハンマー』と、追放者の集まりでありながらあのアクア・ヒュドラを倒した『追放者ギルド』のプライドを賭《か》けた〝決闘〟！　どうぞその結末を、心行くまでお楽しみください！　僭越《せんえつ》ながら司会はこの私、ファウスト・ムルティプラが務めさせて頂きます！』

「「「うおおおお――――ッ!!!」」」

……大迫力の巨大魔導モニターに映し出されるファウストと、それを見て大歓声を上げるとんでもない数の冒険者《オーディエンス》たち。

凄《すご》いなこれ、ざっと数千――いや数万人は集まってるんじゃなかろうか。

どこから運び込んだのか映像や音響設備が完備され、冒険者の間には酒や食べ物を売り歩く者の姿まで見受けられる。

もうまるっきりお祭り状態だ。

「うひゃ～……こりゃすごい冒険者の数っスね……」

「こ、こ、こんなの聞いてません……！　き、緊張してきちゃいましたぁ……！」

「あ～もう、やかましいわね……。アタシ静かな場所の方が好きなんだけど」

コレット、ヴィリーネ、マイカの3人も驚いた様子。

いや、マイカはそうでもないかな……

俺はファウストの近くへ歩み寄り、

「……おいファウスト、これはどういうことだ？」

「ククク、凄いでしょう？　この超大型魔導モニターや魔導スピーカーも、天才である私の発明なのですよ？　さらに道中をモニターするため最新作の魔導飛翔機《マジック・ドローン》も導入しました。これなら〝決闘〟の様子を最高解像度で群衆に見せつけることができます。こんな物まで作れるなんて……ああ、私は自分の才能が恐ろしい……」

「そんなことは聞いてない。どうしてこんなに大勢の冒険者がいるのかって言ってるんだ」

「それは勿論、盛大に宣伝したからですよ。……あなたたちが無様に敗れる様を、たくさんの方に見て頂く必要がありますから」

クイッとメガネを上げ、薄ら笑いを浮かべるファウスト。

なるほど、俺たちなんかより自分の発明の方が優れていると証明するために、ここまでやるとは。

ライドウさんもプライドが高い男だと言ってたけど、これは相当だな。

なにをしてでも俺たちの名声を地に落とさないと気が済まないらしい。

一応冒険者ギルド連盟から審査員が数名派遣されてるみたいだけど……買収済みと見て間違いないな。

「……上等だ。追放者の底力を見せてやるよ、ファウスト・ムルティプラ」

「まさか勝てるとでもお思いか？　ならば存分に足掻《あが》いてください。その方が私も面白いですから、ククク……」

ファウストは改めて冒険者たちへ向き直ると、

『それでは〝決闘〟のルールをご説明します！　目的はシンプル、マンイーター・キャニオンの頂上部に咲くフレアオウヒと呼ばれる花を摘み、先に持ち帰った方が勝ち。しかし単なる採集と思うことなかれ、ダンジョンの道中には手強いモンスターが山ほど潜んでおります！　冒険者としての実力と経験が問われるこの一戦、制するのはどちらか!?　では両パーティ共、スタート地点へ！』

誘《いざな》われるまま、2か所に分かれたスタート地点に立つ『追放者ギルド』と『トールハンマー』。

相手のパーティリーダーであるダッジはコレットをチラリと見て、

「わりーなコレット、この勝負は勝たせてもらうぜ。なんせ金貨2000枚の大仕事だからよ」

「……負けませんよ、ダッジ。勝つのはウチらでスから」

小さく火花を散らす2人。

しかしファウストが『トールハンマー』の側に立つ様子はない。

「おい、アンタはこの〝決闘〟に参加しないのか？　一応主催者だろうに」

「ククク、私は肉体労働は不得意でしてね。ここで見守らせて頂きますよ。不公平だと言うのなら、あなたもギルドマスターという立場ですしここに居てもらっても結構ですが」

言い出しっぺの自分は高みの見物、か。

まあ足手まといだと判断した上でもあるだろうし、賢明と言えば賢明だが。

俺は――

「アイゼン様……」

不安そうな表情でこちらを見つめるヴィリーネ。

そんな彼女の頭に、俺はポンッと手を乗せる。

「いや、俺も行くよ。ギルドマスターであるからこそ、最後まで仲間を見守る義務があるからな」

「そうですか、ではご自由に」

ファウストはそれだけ言うと、大きく手を掲げ――

『両者、この〝決闘〟に冒険者としての誇りを賭けて――――始めッ!!!』

――今、戦いの火蓋《ひぶた》が切られる。

同時に観客の冒険者たちからワッ！と上がる声援。

俺たち『追放者ギルド』と『トールハンマー』は勢いよく走り出し、頂上部目指して駆け上がっていく。

そんな2つのパーティを、それぞれ斜め上から追従してくる魔導飛翔機《マジック・ドローン》。

これでずっと撮られ続けるってワケか。

一見、これだとズルできないようにも思えるが――

「アハハ！　なんか1周回ってワクワクしてきたっスよ！　不肖コレット・ハスクバーナ、皆さんのお役に立てるよう頑張るっス！」

緊張感が逆流を始めたのか、テンションの高いコレット。

やる気があるのはいいことだ、頼もしい。

とはいえ――

「無理は禁物だよ、コレット。大事なのはパーティの連係、1人で突出しないように」

「わかってまスって！　――あ、道が分かれるっス！」

前方を見ると、渓谷の中に道が2つ現れる。

どちらも左右に壁がそそり立ち、一度入れば互いのパーティは視認できなくなるだろう。

つまり――ここからが本番ってことだ。

ファウストがどんな罠《わな》を仕掛けているか知らないが、必ず突破してやるさ。

「皆、行くぞ！　ここからは細心の注意を払うんだ！」

「「はい！」」

彼女たちの返事を聞くと共に、俺たち『追放者ギルド』は右の道へと入って行く。

左右にそそり立つ岩壁のせいであまり日光が入ってこず、日陰の中を突き進む。

だが――

「――っ！　皆さん、待ってください！」

突如ヴィリーネが立ち止まり、俺たちを呼び止めた。

そんな彼女を俺は一瞬不思議に思ったが――すぐに気付く。

これは、彼女の【超第六感】が危険を伝えているのだと。

俺は背後の魔導飛翔機《マジック・ドローン》に注意を払いつつ、小声で話しかける。

「……ヴィリーネ、なにか感じるのか？」

「はい……この先、なんだか嫌な感じがします……まるで待ち伏せされているような……」

「待ち伏せって、モンスターに？」

「はい……ただモンスターの気配に交じって、人の気配も……」

人の気配と聞いて、マイカが首を傾げる。

「そんな、まさか！　この辺に野盗の類《たぐい》なんているはずないし、いくらファウストでも〝決闘〟で堂々と刺客を放つとは思えないわ」

「……」

俺は考える。

マイカの言う通り、これだけの大舞台を用意したファウストが安直な妨害をしてくるとは考え難《にく》い。

それに、モンスターと人の気配を一緒に感じているのも妙だ。

しかしヴィリーネの【超第六感】が反応しているのも事実なら、なんらかの罠《トラップ》であることは間違いない。

とすれば――

「……なるほど、ファウストがどんな手を使おうとしてるのか、わかったかもしれない」

「！　本当ですか？」

「うん。ヴィリーネ、その待ち伏せを回避して進むことは可能かい？」

「それはできると思いますが……かなり迂回《うかい》して遠回りすることになるかと……」

「かまわない。時間との勝負で迂回路を取るのは癪《しゃく》だけど、危険を冒すよりはマシだ。先導を頼むよ」

「は、はい！　お任せください！」

◇　◇　◇

——アイゼンたちが様々なモンスターに襲われている頃、

『おおっと、「トールハンマー」はまたしてもモンスターを撃退！　流石はSランクパーティ、正に破竹の勢いで快進撃を続けています！　やはりこれが高ステータスのSランクパーティの強さなのでしょう！』

巨大魔導モニターに映し出される光景を、ファウストが嬉々《きき》として実況する。

同時に、観客の冒険者たちから飛び交う歓声。

次にファウストは視線を僅《わず》かに動かし、

『それに比べて——「追放者ギルド」はなんとも地味な絵面ですねぇ。モンスターに出会うこともなく、ひたすらダンジョンの中を右往左往しています。道にでも迷っているのでしょうか？　こんな状態では、もう勝敗は決したようなモノかもしれません』

たいそうつまらなそうな口ぶりで、小馬鹿にするように言う。

　事実、アイゼンを始めとした『追放者ギルド』が映し出される映像にはまるで華やかさがなかった。

　モンスターと戦うこともなく、一直線に頂上に猛進するワケでもなく、ただただダンジョンの中を進むだけ。

『トールハンマー』側と比較すれば、明らかに観ていて退屈な映像であった。

　そんな大局的な映像を観て、やはりＳランクパーティは最強だと『トールハンマー』を応援し、追放者の集まりなんてさっさと負けろと野次を飛ばす者――

　いや、『追放者ギルド』はそんなヤワな連中じゃない。きっと目にもの見せてくれるぜと期待する者――

　そんな中、

「あ、あああ……なにやってんのよアイゼン、そんなチンタラしたままじゃ……！」

　ハラハラソワソワと落ち着かない様子で、カガリナがモニターを見つめていた。

　彼女も観客の１人として、この〝決闘〟を観に来ていたのだ。

そんな彼女のすぐ隣では、父親であるライドウの姿も。

カガリナとは対照的に、彼は冷静な目で観察するようにアイゼンたちを見守る。

「……なるほど、そういうことか。ひでぇモンだ、とんだイカサマだぜ、こりゃ」

アイゼンたちの挙動の理由が読めたのか、不快そうに言うライドウ。

「イ、イカサマ……？　一体どういうことなのよ、親父！」

「アイゼンの坊主たちは意図的に迂回して、あえて遠回りしてる。そいつはたぶん、最短距離の道程で待ち伏せをされてるからだ。おそらくファウストに雇われた冒険者にな」

「待ち伏せって……でもそんなことしたら、一瞬で不正がバレるじゃない」

「ああ、普通ならな。だが、ひとつだけ疑われない方法がある。〝モンスターを使う〟方法だ」

ライドウはほとんど確信を持ったように語り始める。

長らく冒険者の世界を見てきた彼には、ファウストが用意した手口が見抜けていた。

「獣使い《テイマー》を使うのさ。飼い慣らした強力なモンスターに襲わせることで計画的かつ組織的に、そして観客にはわからない方法でアイゼンたちの体力を削《そ》ぐことができる。なにより獣使い《テイマー》が調教したモンスターってのは野生のそれより強力だ。お前も同じ獣使い《テイマー》なら、よくわかるだろ」

「そ、それはわかるけど……でもそんなことが——！」

「できる。この映像は魔導飛翔機《マジック・ドローン》が撮ってる光景しか見られねぇ。つまり——映してない場所でなにをしてようが、観客に知る術《すべ》はないんだよ」

続けて、ライドウは『トールハンマー』の方の映像に目を向ける。

「『トールハンマー』もそれなりにモンスターと出くわしてるが……明らかに弱すぎる。この一帯のモンスターはもっと手こずるはずだ。こっちはまあ、映り込まないように魔術師が同伴して弱体化《デバフ》をかけてるってなトコか」

「そんな……！　審査員は——！」

「とっくに気付いてるさ。その上で口をつぐんでる。それだけファウストが金を積んだってことよ。——だが、『追放者ギルド』を舐《な》め過ぎたな」

ライドウは薄らと笑みを浮かべながら、モニターに映るヴィリーネを見た。

「こっちには天然のエンカウント・キャンセラーがいるんだ。待ち伏せを回避することなんざ造作もねぇのさ。ファウストの野郎、口では偉そうなこと言ってるが……内心じゃ悪巧みが上手《うま》くいかなくて焦ってるはずだぜ」

そう言って、彼は壇上のファウストへ視線を移す。

事実、ファウストの表情はどこか強張《こわば》り、悔しさが滲《にじ》んでいるようであった。

「とはいえ……実際、旗色はよくねぇな。このままじゃ『トールハンマー』の奴らが先に頂上に着いちまう」

「な、なんとかならないの親父！　このままじゃアイゼンたちが……っ！」

「……オレがここで首を突っ込んで、アイゼンは喜ぶと思うか？」

「それ……は……っ」

「そんな顔すんな。オレだって相当我慢してんだ」

歯痒《はがゆ》さから泣き出しそうになるカガリナの頭を、ライドウは父親らしく撫《な》でる。

「カガリナ、お前がアイツを想うなら……黙って見てろ」

「……」

そんなやり取りをする親子を余所《よそ》に、モニターの中で事態は動く。

なんと――『トールハンマー』の面々が、遂《つい》に頂上に到着してしまったのだ。

『おお、ご覧ください！「トールハンマー」が早くも頂上へ到達！　真っ赤に咲いたフレアオウヒも見て取れます！　これは彼らの勝利も決まったようなもの！　やはり追放者の集まり風情がSランクパーティに挑むな――ど――？』

　意気揚々とまくし立てるファウストであったが――ある物体がモニターに映り込んだ瞬間、表情を一変させる。

『――⁉　な、なんだアレは⁉　あんなモンスターがいるなんて聞いてない！　話と違うぞ！　「トールハンマー」、早くソイツを――ッ！』

ファウストは叫んだが――次の瞬間、これまで『トールハンマー』を映していた映像が途切れてブラックアウトする。

しかし映像が途切れる直前、ここにいる全員が目撃していた。

魔導飛翔機《マジック・ドローン》が破壊されたのだ。

突如現れた怪物が、『トールハンマー』のメンバーたちに襲い掛かっていた光景を。

◇◇◇

迂回路を歩み続けた俺たちは、どうにか岩山の頂上付近までやってきていた。

道中どうしてもエンカウントを避けられない場面もあったが、戦ったモンスターはやはり強力だった。

ファウストの奴、かなり周到にモンスターと獣使い《テイマー》を配置していたらしい。

もしヴィリーネが【超第六感】で可能な限り戦闘を回避してくれなかったら、今頃どうなっていたか……

だが、文句を言っても仕方ない、こんなのは覚悟の上でここにいるんだ。

とはいえ長い道のりや戦闘のお陰で、皆だいぶ体力を消耗してしまっている。

時間もかかりすぎてしまったし……『トールハンマー』はもう花をゲットして下山している可能性すらある。

「す、少し疲れました……頂上はまだですかぁ……」

「しっかりして、ヴィリーネ先輩。もうすぐで着くから……」

微妙に足元がふらつくヴィリーネと、それを支えるマイカ。

二人とも辛《つら》そうだ……だけど、一番キツそうなのは——

「ハァ……ハァ……」

コレットはハルバードに身体を預け、やや遅れたペースで俺たちに付いてくる。

「コレット、大丈夫かい？　無理しちゃ——」

「だ、大丈夫っス！　ちょっと息が切れただけでスから、お気になさらず……！」

空元気で笑顔を作って見せるコレット。

いや、明らかに大丈夫なんかじゃない。

もう体力が限界に近いはずだ。

コレットのスタミナは同じ前衛であるヴィリーネよりむしろ多い方だろうが、彼女はヴィリーネと並んで真っ向からモンスターと戦っていた。

ヴィリーネには【超第六感】があるため、モンスター1体あたりと相対する時間は短い。

さらにこれまでの経験から、自身の能力を生かした無駄のない動きができるようになっている。

それはつまり体力の消耗も抑えられるというワケだが——コレットの場合はそうはいかない。

彼女がヴィリーネと同様に戦線を維持するためには、下手すれば数倍は動く必要性がある。攻撃回数だって桁違《けたちが》いになるはずだ。

だってコレットには、普通の冒険者の戦い方しかできないのだから。

〝隠しスキル〟のない彼女には、モンスターの弱点を一撃で突くなんて芸当はできない。

そんな彼女がヴィリーネと轡《くつわ》を並べて戦うのは、どれほど困難か——

俺の恐れていた事態が、まさに現実となってしまっている。

「ウ、ウチは、お役に立ちまスから……。マスターさんのためなら、無理なんて、幾らでも……！」

「コレット……」

——これ以上、この子を戦わせてはいけない。

もう限界だ。

無理なんてさせたら、それこそ取り返しがつかなくなる。

俺はなんと言葉をかけるべきか——そう悩んでいた、その時だった。

岩山の頂上で、ドンッ！と轟音《ごうおん》が響く。

直後に立ち上る砂煙。

しかし爆発が起きたり魔術が使われたって感じではない。

……なんだ？　モンスター同士の喧嘩《けんか》でもあったのか？

でもあそこが目的地点のはずだし——そう思った刹那《せつな》、なんらかの物体が俺たち目掛けて降ってくる。

それはコレットのすぐ傍に落下し、ベシャッと音を奏でた。

「うわ!?　な、なんスか一体——え？」

地面に落ちた物体を見た瞬間、コレットは顔を青ざめる。

彼女の目に映ったモノ——それはかつての仲間であり、『トールハンマー』の一員であるジャクソンの死体だった。

「ジャ——ジャクソン！　どうして……うっ」

元仲間の無惨な姿を見て、口元を押さえるコレット。

この状態——明らかに激しい戦闘の跡だ。

致命的な攻撃を受けてここまで弾《はじ》き飛ばされたと見て、まず間違いない。

さっき頂上から響いた轟音も、モンスターとの戦いがあった証左だろう。

Sランク冒険者をこうも容易《たやす》く死傷させるとは……いったいどんなモンスターが……

「皆、急ごう！　上でなにかあったんだ！」

嫌な予感がした俺は、ヴィリーネたちと共に頂上へ向かって走る。

岩山の頂上は平坦《へいたん》で開けた場所になっており、周囲には採集目標である真っ赤なフレアオウヒが咲いている。

空と岩と花と、そんな景色だけを見れば壮観とすら言えるのだろうが――俺たちが辿《たど》り着いた時、そんな場所では熾烈《しれつ》な戦いが繰り広げられていた。

「ウオオアアアッ!!!」

巨大なウォーハンマーを振りかざし、傷だらけになったダッジが突撃する。

彼はほとんど満身創痍《まんしんそうい》の状態で、離れた場所にはもはや息を引き取ったであろうビュイックの姿も。

勇猛果敢に攻撃を仕掛けたダッジだったが――その行動も虚《むな》しく、大きなかぎ爪の付いた腕に吹き飛ばされる。

「ぐああッ！」

「ダッジ！」

攻撃を食らい、遂に戦闘不能となったダッジの下へコレットが駆け付ける。

「ダッジ！　しっかりするっス！」

「コ……コレットか……。へへ、ざまぁねぇな……金貨２０００枚が、パアだぜ……」

ダッジはまだ辛《かろ》うじて息があるらしく、憎まれ口を叩《たた》く。

タフな男だ、運がいい。

そして俺たちも、『トールハンマー』の面々が戦っていた巨大モンスターと相対する。

彼らを容易く一蹴《いっしゅう》してしまった敵の正体それは——山羊《やぎ》の頭部に二足で立つ隆々とした肉体、かぎ爪のある四本の腕と、背中に生えたコウモリのような翼——

「レッサーデーモン……っ！　Sランクモンスターの中でも特に危険な希少種が、どうしてこんなところに……!?」

そこにいたのは、悪魔の眷属《けんぞく》とすら呼称される凶暴凶悪なレッサーデーモンというモンスターだった。

個体数こそ少ないとされエンカウント自体が稀《まれ》だが、その強さは生半可ではなく、歴戦のSランクパーティすらも敗れてしまうほどだとか。

そのため彼らの生態についてはほとんど判明しておらず、生息地域すら詳細不明——というのが俺の知っている情報だ。

しかしその危険性は有名で、一度出会えば命はないとまで言われる。

それについてはヴィリーネやマイカたちも同じ認識らしく、

「そんな……このダンジョンで、レッサーデーモンなんて確認されたことないはず……！」

「っていうか、こいつらの生息域自体が謎だけどね……。運がないわ……」

武器を構える２人。

どうする——戦うか、それとも逃げるか。

こんな事態になった以上〝決闘〟は中止だ。

当然生きる方が先決だからな。

だから危険を冒してまで戦う必要はないけど——疲弊したコレットと行動不能になったダッジを連れて、あのレッサーデーモンから逃げ切れるか？

……否、不可能だ。

さっき一瞬だけ見えたダッジへの攻撃。

その動きはSランク冒険者である彼よりも速かった。

あの大きな翼を見ても、おそらく動きも相当速いはず。

むしろ隙をみせれば、それこそ全滅させられかねない。

だったら――

「……ヴィリーネ、奴の弱点は視えるか？」

「――はい、視えます。胸の中央付近、ちょうど心臓の辺りが弱点です」

「そうか……2人共、やれるかい？」

俺はヴィリーネとマイカの2人に問う。

すると、

「――勿論《もちろん》です。アイゼン様のご指示とあれば、お供します！」

「上等よ。どうせ逃げらんないでしょうし、やったろうじゃないの」

彼女たちは冷や汗を流しながらも微笑を浮かべ、武器を構える。

頼もしい限りだな……俺は本当に心強い仲間を持ったよ。

「よし――コレット、キミはダッジを連れて逃げるんだ。ここは俺たちに任せて」

「え……？　そ、そんな！　ウチも戦います！」

「キミはもう体力を使い果たしてるはずだ。それにダッジも早く治療を受けないと生死に関わる。キミはキミの仕事を果たしてくれ。これはギルドマスター命令だ」

「……っ」

俺が力強い口調で言うと、コレットはぐっと歯を噛《か》み締める。

そして悔しそうな表情をしながらも、残った体力でなんとかダッジを担ぎ上げ、この場を後にした。

『メエエェェイ……メエエェェイ……』

レッサーデーモンが俺たちに狙いを付け、ドシンドシンと歩み寄ってくる。

ヴィリーネは細剣《レイピア》の切っ先を奴に向け、

「アイゼン様には指一本触れさせません！　行きます！」

大きく踏み出し、勢いよく飛び込んだ。

同時にレッサーデーモンも動く。

レッサーデーモンの身長は優にヴィリーネの2倍近くもあり、その腕から繰り出される攻撃のリーチは長大。

如何《いか》にヴィリーネが剣を持っていようと、攻撃範囲は相手が上だ。

『メエエッ！』

剛腕の一撃がヴィリーネを襲う。

しかし彼女も軽い身のこなしでそれを回避、懐へと飛び込む。

「ハアッ！」

『！』

弱点目掛け、細剣《レイピア》を突き込む。

だが——レッサーデーモンも素早く回避し、ヴィリーネと間合いを取った。

「……？　なんだか、様子が変だぞ……？」

奴の動きに、俺は違和感を覚える。

ヴィリーネは攻撃を続けるが、互いに一進一退の状況が続く。

攻撃しては避《よ》け、攻撃しては間合いを取り——互いが隙を狙っているかの状態。

その光景は、俺にとって明らかに異様だった。

普通モンスターというのは、その怪力や巨体から繰り出される破壊力やスピードを駆使して戦う。

でなければ毒を用いたり魔術を用いたりするが、いずれにしてもそこに人間的な駆け引きは存在しない。

モンスターにとって戦いとは〝狩り〟であり、狩りとは得てして捨て身の取っ組み合いなのだ。

にも拘《かか》わらず、レッサーデーモンは捨て身の行動を取らない。

そんな奴の動きをつぶさに見ていた俺は、確信する。

「アイツ……自分の弱点を把握してる……！　胸部を貫かれないように、意識的に動いてるんだ！」

「なるほど、レッサーデーモン最大の武器は怪力でも素早さでもなく、高い知能ってワケね。まるで人間を相手にしてるみたいで厄介だわ」

マイカが舌打ちする。

そう、おそらくレッサーデーモンという種族はとても頭がいい。

ヴィリーネが自らの弱点を狙っていると把握するや、力任せの攻撃を行うのではなく長期戦の構えを見せた。

これは自分の方が体力があると理解し、戦いを長引かせることでヴィリーネのスタミナ切れを狙っているのだ。

モンスターというより、もはや〝武人〟――

これまで奴らとエンカウントしたSランクパーティが勝てなかったのも、その生態が謎に包まれていたのも、それだけ高い知性を持っていたからなのだろう。

ただ凶暴なだけのモンスターだと侮れば、結果は目に見えている。

ならば――

「マイカ！　【巫《かんなぎ》の祝福】を！」

「もう発動してるわよ！　ヴィリーネ先輩、突っ込んで！」

その言葉に押され、ヴィリーネが捨て身で走る。

当然レッサーデーモンも反撃、剛腕を振るうが――彼女を護《まも》る不可視の力によって攻撃を弾かれた。

『メエッ⁉』

「そこですっ！」

一瞬の隙が生まれ、細剣《レイピア》が突き込まれる。

その刃はレッサーデーモンの身体を穿《うが》ち、弱点を貫いたかに見えた。

「よし！　やったか⁉」

「――⁉　このっ……！」

しかし、ヴィリーネは急いで細剣《レイピア》を引き抜く。

直後、振り払うかのようにレッサーデーモンの裏拳《うらけん》が飛ぶ。

既《すんで》のところでヴィリーネはそれを回避し、再び間合いを取った。

「……信じられません……今の一瞬で、僅《わず》かに弱点を逸《そ》らすなんて……」

息も切れ気味に、ヴィリーネは驚愕《きようがく》する。

見ると、レッサーデーモンの胸部中央から僅かにズレた場所に刺突痕《こん》がついている。

避けられないと踏んで、ダメージ覚悟で攻撃を急所から逸らしたのだろう。

その上でカウンターまで狙ってくるとは、まさに肉を切らせて骨を断つ。

恐るべき知能、そして恐るべき豪胆さだ。

『メエエェッ！』

戦略変更――とばかりにレッサーデーモンは翼を羽ばたかせ、上空へと飛翔《ひしょう》。

そして勢いよく滑空し、ヴィリーネ――ではなく俺とマイカに向かってきた。

厄介な相手は後回し、って腹積もりか！

「へえ、今度はアタシたちを狙おうってワケ？　面白いじゃない！　氷よ――〈アイシクル・ショット〉！」

マイカは魔術を発動し、レッサーデーモン目掛けて無数の氷の弾丸を発射。

それは確かに明確なダメージを与えていくが、弱点には1発も入らない。

直後――レッサーデーモンの口元が歪《いびつ》に吊《つ》り上がったように、俺には見えた。

「！　マイカ、避けろ！」

「え？　――きゃあ！」

俺はマイカに覆い被《かぶ》さり、彼女をその場から離れさせる。

刹那《せつな》、勢いを殺すことなくレッサーデーモンが地面に剛腕を突き込んだ。

もし俺がマイカを回避させていなければ、そのまま押し潰《つぶ》されていただろう。

「このっ……！　あなたの相手はこちらです！」

『メエ！』

ヴィリーネが攻撃するも、再び飛び上がるレッサーデーモン。

地面で戦うのは面倒と踏んで、ヒット＆アウェイへと戦略を変えたようだ。

オマケに弱い相手から狙ってくるとは……本当にモンスターなのか疑いたくなるな。

「痛《いて》て……大丈夫か、マイカ？」

「だ、大丈夫……でもアイツ、さっきはあんなにヴィリーネ先輩を警戒してたのに、どうしてアタシの魔術を避けようともしなかったの……？」

「試したんだろうな、ヴィリーネ以外も弱点が視えるのか。だけど今ので、俺たちにはそれが視えないってアイツにバレてしまった」

上空を飛行するレッサーデーモンは、完全に俺やマイカに標的を定めた様子だ。

文字通り、見上げた学習能力だ。

まったくもって吃驚仰天《びっくりぎょうてん》に値するな。

しかし——もしや、これは利用できるかもしれない。

俺はヴィリーネを手招きし、小さな声で彼女と話す。

「いいかいヴィリーネ、次にアイツが俺たちを狙って来たら跳躍《ジャンプ》して迎撃するんだ。だけど、絶対に弱点を狙っちゃいけない」

「……⁇　じゃ、弱点を狙わないんですかぁ……？　それじゃ、どこを攻撃すれば……」

「頭を狙うんだ。できれば目元がいいかな。大きなダメージは狙わなくていいけど、思い切って飛び込んでくれ。それとマイカ、キミには――」

ヒソヒソ、とマイカの耳元で囁《ささや》く。

俺の予想が正しければ、これが通用するはずだ。

マイカに作戦を伝えるや否や、レッサーデーモンが再び襲い来る。

狙いは、どうやらマイカのようだ。

『メエエェェイッ！』

「させません！　ハアッ！」

俺の指示通り、レッサーデーモンを迎撃すべく跳躍《ジャンプ》するヴィリーネ。

彼女の両脚は華奢《きゃしゃ》な身体を空高く飛ばし、互いが間合いに入る。

空を飛べないヴィリーネよりも、翼を持つレッサーデーモンの方が上空戦では有利。

しかしそんなことを気にも留めず、ヴィリーネは捨て身とばかりに思いっ切り奴の懐目掛けて飛び込んだ。

『メエ！』

そんな彼女を嘲笑《あざわら》うかのように、レッサーデーモンは弱点への攻撃を防ぐ構えを見せる。

また攻撃が弾《はじ》かれることを警戒し、反撃をする様子もない。

だが、それこそがこちらの狙いだ。

「たああっ！」

ヴィリーネの斬撃《ざんげき》。

それは致命傷とは程遠い攻撃力だったが――レッサーデーモンの眉間《みけん》に命中する。

『メ……エッ⁉』

弱点の胸部以外に攻撃が飛んでくることを想定していなかったレッサーデーモンは攻撃をモロに受け、一瞬両目を瞑《つぶ》ってしまう。

――思った通りだ、奴はヴィリーネが〝捨て身で踏み込む時は弱点しか狙わない〟と思い込んでいた。

事実、ヴィリーネ自身の攻撃力はさほど高くない。

レッサーデーモンほど耐久力のあるモンスターともなれば、弱点を突けなければ有効打となり得ないほどに。

だから他の箇所に攻撃を受けても問題無し、とでも思っていたはずだ。

さっきの戦闘でそれを学んでいたのだろうが、学習能力の高さが裏目に出たな。

生憎《あいにく》と空中で自由に身動きが取れないヴィリーネにさらなる追撃はできないが、一瞬でも動きを止めて隙を作れれば――チェックメイト。

「マイカ！　今だ！」

「ええ！　光よ――〈ライトニング・レーザー〉！」

詠唱。そしてマイカの杖《つえ》の先端から、雷撃の如き光線が射出される。

その光線はレッサーデーモンが目を開けて回避するよりも早く――奴の胸部を貫通した。

『メエ……エ……ッ』

そう――俺の提案した作戦とは、役割のスイッチだった。

これまではヴィリーネが主戦力として戦い、マイカはその支援という役割だった。

故にヴィリーネを護るマイカと、決定打を狙うヴィリーネという立ち位置。

レッサーデーモンがそれを学習したと踏んだ上で、〝隙を作るヴィリーネと決定打を狙うマイカ〟というように役目を逆転させたのだ。

胸部――弱点を穿たれたレッサーデーモンは、空から落ちてゆく。

そして墜落し、派手な砂煙を上げた。

「うわっ！　けほ、けほ……！　ど、どうなった⁉　レッサーデーモンは――！」

砂塵《さじん》に一瞬視界を奪われ、確認が遅れる俺。

だが次に目に映ったのは——力なく倒れ、ぐったりとしたレッサーデーモンの姿だった。

「なんとか、倒せた……のか……？」

慎重に奴へ近づき、まだ息があるか確かめる。

だが動く気配はなく、既に死体となっているらしい。

胸の中央にも穿たれた穴がちゃんとあるんだ、これは流石に生きてはいまい。

「よかった、これで一安心だな。マイカ、怪我は——」

安堵《あんど》した俺はレッサーデーモンへ背を向け、マイカの下へ戻ろうとする。

しかし——

「ッ！　マスター、後ろ！　そいつ、まだ生きて——ッ！」

「え？」

血相を変えるマイカを見て、俺の身体は硬直する。

『メ……エ……！』

背後から聞こえてくる呻《うめ》き声。

おそるおそる振り向いた俺の目に映ったのは——最後の力で身体を動かす、レッサーデーモンの巨体だった。

「ウ……ウソだろ……⁉　弱点を貫かれてるのに……！」
『メエエエエエエエッ!!!』
大きなかぎ爪が、俺目掛けて振り上げられる。
――迂闊《うかつ》だった。まさかレッサーデーモンがこれほどしぶといなんて。
今からじゃマイカの魔術も間に合わない。
ヴィリーネも離れた場所にいる。
避《よ》けなければ――頭ではわかっているのに、身体が動いてくれない。
これは――――死――――
レッサーデーモンの腕が、振り下ろされる。
俺が本気で死を覚悟した――その瞬間、
「ハアアアアアッ！」
少女の掛け声。
同時に、1本の斧槍《ハルバード》が投擲《とうてき》される。
『メエッ⁉』
投げ付けられた斧槍《ハルバード》はレッサーデーモンの肩に突き刺さり、奴の動きを止めた。
咄嗟《とっさ》の出来事に、レッサーデーモンの注意は俺から逸れ――斧槍《ハルバード》の持ち主へと向けられる。

今この場に現れる斧槍《ハルバード》使いなんて、１人しかいない。

そう、それは――

「コレット……！」

「マスターさんは……やらせません！」

息も絶え絶えにそう叫んだのは、ダッジを連れて離れたはずのコレット・ハスクバーナだった。

俺は彼女に命を救われるが――逆にレッサーデーモンの殺意はコレットへと向けられる。

『メエエエ……ッ！』

「コレット！　逃げろ！」

斧槍《ハルバード》を手放した彼女は、完全に丸腰。

さらに体力まで消耗しているとあっては、勝ち目などあるはずもない。

そしてレッサーデーモンは、コレットに襲い掛かろうとするが――

「いえ、その必要はありません」

そんな声と共に、レッサーデーモンの胸部から細剣《レイピア》が突き出る。

ヴィリーネの細剣《レイピア》だ。

一瞬の隙を突いて、彼女が背後から貫いたのである。

それはマイカの魔術により空いた穴より、僅《わず》かに上を捉《とら》えていた。

『メエ……エ……』

レッサーデーモンの目は光を失い、崩れるように倒れる。

どうやら今度こそ、絶命したようだった。

「アイゼン様、ご無事ですか……!?」

「あ、ああ……助かったよ……」

まるで生きた心地がしなかったが、どうやら自分がまだ死んでいないことを実感する俺。

そんな俺たちの下に、コレットがやって来る。

「いやー、間一髪ってトコでしたね。危なかったっス」

「命を救われたな。ありがとうコレット、キミが戻ってきてくれなきゃ、今頃どうなっていたか……。それにしても、ダッジはどうしたんだ？」

「最低限の手当てをして、安全な場所で休ませてまス。その……やっぱりマスターさんたちが心配になっちゃって。本当は、ウチがレッサーデーモンを倒せればよかったんスけど……」

ヴィリーネにトドメを刺されたレッサーデーモンを脇目に、彼女はややバツが悪そうに言う。

いやはや、退避を命じておいて助けられるなんて、マスターとして立つ瀬がないな……

むしろ俺の方が恥ずかしくなってしまう。

そんなことを思っていると、マイカも駆け付けてくる。

「もう、驚かせるんじゃないわよ！　寿命が縮んだじゃない……！」

「アハハ、ごめんよマイカ。それにヴィリーネも大事ないかい？」

「勿論《もちろん》です！　それより私たち、あのレッサーデーモンを倒しちゃいましたよ！」

「ヴィリーネもよくやったね。あんな怪物相手に飛び込むなんて、さぞ怖かっただろうに」

「いいえ、全然怖くなんてありません！　だって、私はアイゼン様を信じてますもん！」

そう言って、満面の笑みを見せてくれるヴィリーネ。

俺は一瞬ポカンとしてしまうが、すぐに彼女の成長を喜ばしく思う。

怖くない——か。

怖がりで臆病《おくびょう》だった以前の彼女からは、とても考えられない言葉だ。

「そうか……強くなったね、ヴィリーネ。マイカもよくやってくれた」

「ううん、そんなことない。仕留め切れずにマスターを危険に晒《さら》しちゃったもの。アタシの失態だわ……」

「相手はあのレッサーデーモンだったんだ。不用意に近づいた俺が悪かったのさ。とにかく今は、全員が無事であることを喜ぼう」

皆を称《たた》える俺。

幸運が味方したとはいえ、『追放者ギルド』の全員が五体満足なだけでもめっけものなんだ。

反省会はまた後でやればいい。

「っと、こうしちゃいられないな。早く下山して、この件を伝えないと。ダッジのことも心配だ」

俺は両足に力を込めて立ち上がり、下山の準備を始める。

フレアオウヒの花——はもういいか。

『トールハンマー』もあんなことになっちゃったんだし、事情を話せば冒険者ギルド連盟も理解してくれるだろ。

俺はそんな風に思っていた。

けど——この時、すっかり忘れていたのである。

俺たちの背後には、魔導飛翔機《マジック・ドローン》が飛んでいたことを。

そして、これまでの様子が余す所なく麓《ふもと》の魔導モニターに映し出されていた、という事実を――

◇　◇　◇

「…………あり、えない…………あんな、追放者の集まりなんかが……レッサーデーモンを倒すなんて……！」

魔導モニターに映し出される映像を観て、ファウストは開いた口が塞《ふさ》がらなかった。

『トールハンマー』側の映像が途切れた後、頂上でなにがあったのかは『追放者ギルド』側の映像が全てを物語っていた。

頂上にレッサーデーモンが現れたこと――

『トールハンマー』が事実上全滅したこと――

そして『追放者ギルド』が、そのレッサーデーモンを倒してしまったこと――

レッサーデーモンがどれほど危険で強力なモンスターか、そんなのはファウストもよく知っている。

だからこそ『トールハンマー』が敗れたことにも納得できたし、アイゼンたちが勝てるワケがないとも思っていた。

アイゼンたちが戦う映像が流れている時、内心では「都合よく共倒れになってくれればいい」と思っていたくらいだ。

それが、それなのに、勝ってしまった。

落ちこぼれの連中が、追放者の集まりでしかない奴らが、あのレッサーデーモンに。

信じられない。こんなことがあってはならない。

だって、これじゃあ――

ファウストがそう思った刹那《せつな》、観客席からワッ！という特大の歓声が上がる。

「すげぇぞ『追放者ギルド』！　まさかレッサーデーモンまで倒しちまうなんて！」

「とんでもねぇ奴らだよ、あんなの真似できねぇ！」

「冒険者はステータスだけじゃないって教えてもらったよ！　いいモン見せてもらったぜ！」

「俺、これからは考えを改めるよ！　もう追放者をバカにしたりしねぇ！」

次々と湧き上がる、『追放者ギルド』を称える言葉。

映像を観ていた全ての冒険者たちが、ハッキリと彼らの実力を認めたのだ。

そう――〝冒険者の価値は数値《ステータス》では決まらない〟と、大勢が認識した瞬間である。

同時に、ファウストは立場がなくなる。

「あ……ああ……！」

「ここまでだな、ファウストさんよ」

絶望する彼の下に、ライドウがやって来る。

その後ろにはカガリナの姿も。

「この〝決闘〟は、アイツらの勝ちでお前さんの負け。これで〈ステータス・スカウター〉の示す数値が正義じゃないって認められたワケだ。世間は一斉に見る目を変えるだろうさ。お前さんの時代も終わりだよ」

「黙れ！　こんなのはデタラメだ！　茶番だ！　どこか見えないところで、アイツらがイカサマをしたに決まってる！　でなければ追放者風情が、レッサーデーモンなど倒せるはずないだろう⁉」

断固として敗北を認めようとしないファウストは、半狂乱に笑い出す。

「そうだ、そうだよ！　私が大金を出して連盟に調査を依頼すれば、証拠なんて幾らでも作れるんだ！　終わりなのはアイツらの方だよ！　ハハ、ハハハハハ――ぐおぅッ⁉」

ファウストが高笑いを上げた直後――彼の股間が、思い切りカガリナに蹴《け》り上げられた。

グシャッという爽快《そうかい》な音を奏でて、ファウストは小さくうずくまる。

「ほ……ほおぅ……っ」

「……男の風上にも置けない玉なしヤローね。こんなクズに玉はいらないと思うんだけど、どう思う親父？」

「盛大に蹴り上げてから聞くんじゃねーよ。お～痛そう」

「き……貴様ら……こんなことをして、タダで済むと……っ！」

「へえ、そうかい。——ンなこと言ってるけど、どうするよ総代？」

後ろに振り向いて、ライドウが尋ねた。

すると、１人の老人がゆっくりと彼らの下へと歩み寄る。

その姿を見たファウストは、もはや絶句して言葉も出なかった。

「……そうだな、今回の一件に対しては十二分な調査が必要になるであろう。だがお陰で、連盟に蔓延《はびこ》る腐れた者共を一斉に摘発できるはずだ。礼を言うぞ、ファウストよ」

現れたのは、冒険者ギルド連盟を取り仕切るたった１人の総代、ジェラーク・ファルネーゼその人であった。

「ど……ど……どうして、あなたがここに……！」

「いやなに、期待の若人が〝決闘〟をするというから、少しばかりお忍びでな。ライドウが口にしておったが、お主が派手に宣伝してくれたお陰でいいものが見れたわ」

ジェラークはモニターに映るアイゼンを見て、僅かに微笑む。

よくぞこの試練を乗り越えた――そう言いたげな表情で。

そして次にファウストの前で屈《かが》むと、

「……裏金や賄賂《わいろ》の件、そしてこの〝決闘〟で如何《いか》なる不正が行われたのか、このワシが余す所なく調べ尽くしてやる。どのような結果が出るか楽しみだが――もしもの時は相応の処罰を覚悟しておけよ、ファウスト・ムルティプラ」

「そ……そんなぁ……」

絶望し、力なくうずくまるファウスト。

――この〝決闘〟の後しばらくして、汚職の疑いで数十名の冒険者ギルド連盟の関係者が重い処罰を受けた。

その中にはファウスト・ムルティプラの名もあり、これを契機に連盟は〈ステータス・スカウター〉の使用を非推奨とする声明を発表。

『追放者ギルド』の活躍も、アクア・ヒュドラの時以上に多くの冒険者に知られることとなるのであった。

ファウストの一件はこれで終わりを迎えることとなるが――この時、まだ誰も知り得なかったのである。

〝決闘〟を観に押し掛けた冒険者の群衆。

その中に、かつてアイゼンやヴィリーネと深い因縁を持つ1人のSランク冒険者がいたことに。

『追放者ギルド』がレッサーデーモンを倒す光景をモニター越しに観た冒険者は、ニヤリと口の端を吊《つ》り上げる。

「……ヒャハハ、やっぱり期待を裏切らねぇな、アイゼン・テスラーって男は。楽しみにしとけ、もうすぐ会いに行ってやるからよ！」

第3章　サルヴィオという男

――ファウストとの〝決闘〟から、早1週間。

結局レッサーデーモンのせいで〝決闘〟自体は無効試合になったんだけど、俺たち『追放者ギルド』の戦いが中継されていたお陰で、その一部始終を大勢の人々が知ることとなった。

さらに冒険者ギルド連盟の広報が〝『追放者ギルド』がレッサーデーモン討伐！〟と盛大に発表したことや、裏でファウストから賄賂を貰《もら》っていた者たちがいたことも公表。

最終的に連盟全体を巻き込んだ一大事になってしまったが、そんな中で俺たちはすっかり英雄扱いを受けていた。

具体的には――

「よお『追放者ギルド』！　見てたよ、レッサーデーモンとの戦い！　興奮したぜ！」

「『追放者ギルド』じゃねぇか！　ここにサインくれよ！　息子が欲しがってんだ！」

「いよっ、『デイトナ』の希望の星！　今度酒でも奢《おご》らせてくれよ！」

――こんな感じ。

英雄、というか『デイトナ』ではアイドルみたいになってしまっている。

決して悪い気分ではないのだが……なんだか普通に道を歩きづらくなってしまった。

今日も今日とて買い出しに出掛けただけなのだが、ことあるごとに大勢に囲まれてのんびり買い物なんてできやしない。

「なんか……最近街に出るだけでどっと疲れる気がするよ……」

「そうですね……有名になるって、大変ですぅ……」

街中のベンチに座り、ぐったりとする俺とヴィリーネ。

いやはや、やっぱりまだこういうのは慣れないな……

そんな俺たち2人とは反対に、マイカはケロリとした表情でアイスを食べている。

「そうかしら？　周りがはやし立ててくれるのは、悪い気分じゃないけど」

「そりゃそうだけど……っていうか、マイカは平気そうだね……」

「まあね。アタシはホラ、実家がアレだから。慣れてるっていうか」

ああ……そういえばキミ、昔は大勢の使用人に囲まれて育ったんだっけ。

そりゃ人に囲まれること自体には慣れてるのか。善し悪しは別として。

――けど、確かに彼女の言う通りかもしれない。

元々、俺は追放者への差別をなくすためにギルドを起《た》ち上げた。

だから追放者である彼女たちが有名になってくれるのは、嬉《うれ》しいことでもある。

それになにより、多くの人が言ってくれるのだ。

〝追放者への見方が変わった〟〝ステータスを信じてたけど考えを改めた〟

その言葉が、なにより嬉しかった。

こんな世間は変えてやるんだと意気込んで始めたことだけど、本当に世の中が変わり始めているんだ。

やっぱり月並みな言い方になるけど、感慨深い。

『追放者ギルド』の未来も明るいモノが見えてくるよ。

——とはいえ、まだ問題が残っているのも事実。

「…………」

「……コレット、具合でも悪いのかい？　アイス解けちゃうよ？」

「うぇっ!?　ア、アハハ！　そうっスよね！　急いで食べるっス！」

せっかく買ったアイスが解け出す前に、急いで食べ始めるコレット。

なんていうか……〝決闘〟以降、彼女はああやってボーッとすることが多くなった。

ふさぎ込むってほどじゃないんだけど、どことなく元気がないような、そんな感じ。

彼女自身が底抜けの元気っ子だから余計に気になるってのもあるけど……心配だ。

――そうだな、いい機会だしちょっと話してみるか。

「ヴィリーネ、マイカ、荷物を持って先に事務所へ戻っててくれないか？」

「はい、わかりました！」

「マスターはどうするの？　それにコレットも」

「ああ、俺は少し野暮用があるからさ。コレットも付き合ってくれるかい？」

「ウ、ウチがっスか？　りょ、了解っス！」

買った物をヴィリーネたちに任せ、一旦《いったん》別行動を取る俺とコレット。

そうして2人きりになると、俺たちは歩きながら話し始める。

「……コレット、最近調子はどうだい？」

「そりゃ勿論《もちろん》、絶好調っスよ！　元気じゃないウチなんてウチじゃないっスもん！」

「そっか……」

コレットはいつものように明るく笑って見せるが、その笑顔はどことなく無理をしているようにも見えた。

「……コレット、最近なにか悩んでることとかある？　ボーッとしてることが多いみたいだけど……」

「そ、そうっスかね!?　いやぁ、ウチが悩みごとなんて似合わな――」

「思ってることがあるなら、俺が聞くよ。あんまり溜《た》め込むのもよくない」

「あう……」

俺の言葉に、言葉を詰まらせるコレット。

ふーむ、これはあまり直球に聞くのはよくないかもしれない。

「ねぇコレット、キミはどうして冒険者になろうと思ったんだい？」

「へ？　ウチっスか？」

ちょっと別な話題から始めてみようと思い、そんな話題を振ってみる。

ん～……とコレットは考えた後、

「そりゃ、冒険者が好きだからっスよ！」

——えらいスッキリとした答えが返ってきた。

「……それだけ？　なんかこう、やらなきゃいけない理由があるとか——」

「じゃあ逆にお聞きしますケド、マスターさんはどうして『追放者ギルド』のギルドマスターをやってるんでスか？」

「え、俺は……」

そんなの、決まってる。

俺は——

「……俺が『追放者ギルド』を創ったのは、ステータスだけを理由に追放される冒険者がいるのを許せなかったからだ。冒険者にとっての価値はステータスだけじゃない。それに追放者は誰しもが特別な能力を持っている。俺は、世の中にそれを示したいんだよ」

「カッコいいっス！　流石はマスターさん、尊敬しまス！」

目を輝かせながら、こちらへ羨望《せんぼう》の眼差《まなざ》しを向けてくるコレット。

――しかしすぐに前へ向き直ると、

「……正直ウチには、そういう大きな志《こころざし》とか理想はないんスよ。でも、冒険者を辞めるつもりはありません。ウチは子供の頃から冒険者に憧《あこが》れて、いろんな冒険者の話を聞いたり、冒険者を真似してチャンバラやったり……。冒険者になった今も、続けていられるようにそれなりの努力はしてきたつもりっス」

「……」

「ウチは冒険者になりたい。冒険者でいたい。冒険者が好きで、だから冒険者をやるんだって……。それ以外の生き方を知らないんスよ。おかしな話っスけど、冒険者になった今でも冒険者に憧れてるんスよね」

「コレット、キミは――」

堪《たま》らなくなって口を挟もうとした俺を、「マスターさん」とコレットが遮る。

「マスターさんは、他人の〝隠しスキル〟っていうのが見えるんでスよね？　もしかしたら……ウチは、そういう〝隠しスキル〟を持ってないんじゃないっスか？」

その一言に、俺の心臓がドキリと脈打つ。

まさか——彼女が勘付いていたとは——

「ど、どうしてそう思うんだい？　キミにはキミの良さが——」

「〝決闘〟の時、ヴィリーネさんやマイカさんと一緒に戦ってみてわかっちゃいました。ヴィリーネさんやマイカさんは同じ追放者でもあんなに強いのに、ウチは全然……でスから」

「そんなことない！　キミはレッサーデーモンを倒して、俺を救ってくれたじゃないか！」

「あれは偶然なんでス。実際、道中のウチは足手まといなだけでした。……マスターさんはウチを気遣って、ダッジと一緒に行かせてくれようとしたんスよね……？」

俺は、言葉を返せなかった。

まさか彼女がそこまで勘付いていたなんて。

コレットは少し寂しそうな顔をしながら、

「マスターさんがウチをお傍に置いてくれるなら、なんでもしまス。どんなことだってやりまス。だけど……やっぱりウチがマスターさんや『追放者ギルド』の足を引っ張るようなら、どうか追い出してください。大丈夫！　ウチは1人でも冒険者を続けますから！」

誤魔化すようにアハハと笑ってみせるコレット。

そんな彼女の笑顔を見て、俺は胸の奥がグッと締め付けられる。

——確かに、彼女には〝隠しスキル〟がない。

このままでヴィリーネたちと一緒に冒険を続ければ……言いたくないが、足を引っ張ってしまうだろう。

だが——だがそもそも、〝隠しスキル〟が〝ない〟なんてそんなのあり得るのだろうか？

〝隠しスキル〟とは、言い換えればその人の能力、その人の才能だ。

なんの才能もない、なんてフレーズはよく使われるが、そんな人はいないと俺個人は思っている。

それはその人が能力を発揮できない、あるいは正当な評価をされない環境に身を置いているだけだ。

かつてのヴィリーネがそうだったように。

〝時には、目よりも耳が真実を――〟


ジェラーク総代が教えてくれた言葉が、俺の頭の中で想起する。

そしてこれまでコレットの口から出た言葉を、今一度心の中で嚙《か》み締める。

もしかしたら――もしかしたら、彼女の〝なし〟という能力は――

そう思った矢先――路地を進んでいた俺たちを、3人の男たちが取り囲んだ。

格好から見て冒険者のようだが、どうにも穏やかな感じではない。

「……なんだ、アンタたち」

「よぉ、お前らだろ？　今噂になってる『追放者ギルド』ってのは？」

「ああ、そうだが。俺たちになにか用か？」

「しらばっくれんじゃねぇよ。アクア・ヒュドラとかレッサーデーモンを討伐したとか言われてるが、どうせイカサマしてんだろ？　追放者風情が、舐《な》めた真似しやがって！」

やっぱり、そういう手合いか。

俺たち『追放者ギルド』を認めてくれた人々は数多いが、中には追放者がアクア・ヒュドラやレッサーデーモンなんて倒せるワケがない――そう思い込んでる冒険者も一定数いる。

まだまだ追放者への偏見を拭《ぬぐ》い去るのは、難しいってことだ。

少し脅かしてやれば口を割って、それをダシに金をくすねてやろうとでも思ってるんだろうな。

「ムカつくんだよなぁ、追放者の分際でチヤホヤされやがって。俺たちがいっぺんわからせてやるぜ」

「な、なんスかアンタら！　言い掛かりも甚だしいっス！　そんなに喧嘩《けんか》がしたいなら、ウチが相手してやるっスよ！」

紙袋を地面に置き、拳《こぶし》を掲げて臨戦態勢を取るコレット。

やれやれ、冒険者との揉《も》め事は避けたいんだけどなぁ……そう思って俺がため息を吐いた時、

「――おい待て、その人に用があるのは俺様の方なんだよ。雑魚《ざこ》はすっこんでろ」

そんな男の声が、俺たちの間に割って入った。

「あぁ……？　誰が雑魚だって!?　邪魔すんならテメェも――ぶべら゛っ！」

荒くれ者の冒険者が振り返った刹那《せつな》、彼の顔面に拳がクリーンヒット。

そのまま華麗に宙を舞い、顔を大きく凹《へこ》ませたまま遠くのゴミ捨て場まで吹っ飛んでいった。

「ヒャハハ……このSランク冒険者の俺様を、どうするって？　ステータスだけなら、テメェらみたいな格下よりずっと強いんだけどよ」

「え、Sランク⁉　やべえぞ、逃げろ！」

「ひ、ひええええ！」

残った荒くれ者の冒険者たちも、我先にと逃げ出す。

なんだか助けられてしまった。

「久しぶりだなぁ、捜したぞ。お前に会うために……俺は地獄のどん底から這《は》い上がってきたぜ！」

俺たちを助けてくれた冒険者は、騎士風の鎧《よろい》を着た人相の悪い男だった。

この顔は――見覚えがある。

「お前は……！」

「ヒャハハハ！　そうだよ、俺様だ！　『銀狼団』の元リーダー、サルヴィオ様だよ！」

——忘れるはずもない。

俺の目の前に現れた冒険者、それはかつてヴィリーネをパーティから追放し、挙げ句ダンジョンで自らのパーティを壊滅させた男、サルヴィオだった。

俺としては、できる限り会いたくなかった最悪の冒険者である。

「……なんの用だ、ヴィリーネならウチでしっかり預かってる。今更返せと言われても断るからな」

「オイオイ、つれねぇな。誰もそんなこと言ってないだろ？　ちなみに、復讐《ふくしゅう》に来たワケでもねぇぞ。俺様はお前と話をしに来たんだよ」

サルヴィオはそう言うと、腰の剣を鞘《さや》ごと地面に放り投げる。

どうやら、報復する気がないのは本当のようだ。

それに、たった今助けてもらった事実もある。

俺は僅《わず》かに警戒を解き、

「…………聞こう」

「よぅし、いいか？　ハッキリと言うから、よく聞け！」

サルヴィオは声を大にして言うと——両膝《りょうひざ》と両手を地面に付け、同時に頭を下ろした。

「俺様を……俺様を、お前の舎弟にしてくれッ！」

――サルヴィオは、叫んだ。

深々と頭を下げた、土下座の姿勢で。

彼が言い放った言葉に、俺は思考がストップする。

「……は？　いったいどういう――」

「本当にすまなかった！　俺様が間違っていた！　自分が恥知らずなのはよくわかってる！　だから……どうかお前の下で、俺様を鍛え直してほしいんだ！」

俺は茫然《ぼうぜん》としてしまう。

鍛え直すって、俺が？

本当に、いったいどういう風の吹き回しなんだ？

「俺様は……俺様は、自分がどうしようもない無能なバカ野郎だってよくわかった。お前とヴィリーネに助けられてから、まるで死人みたいになって、俺様が殺しちまった仲間たちのことをずっと考えて……。もう冒険者なんて辞めた方がいいって、本気で考えた。お前が言った通り、俺様はリーダーになんてなるべきじゃなかったってよ……」

〝パーティリーダー失格だ〟

それは確かに、俺がサルヴィオに言った言葉だった。

彼は頭を下げたまま、

「だけど、だけどよ、お前ら『追放者ギルド』がアクア・ヒュドラを倒したって噂を聞いた時、思ったんだ。このまま終わっていいのかって。追放者を見下したままの、勘違いなクズ野郎のまま終わっていいのかって……。だから俺様は、自分の根性を叩《たた》き直すことにしたんだ」

「……アンタの言い分はわかった。だけど、どうして俺の舎弟なんだ？　Sランク冒険者であるアンタを鍛え直すには、もっと適任がいると思うが」

「いや、それじゃダメだ！　お前の下じゃないと、俺様は自分自身を認められない！　俺様の間違いに気付かせてくれた、『追放者ギルド』のギルドマスターでないと……！」

サルヴィオはようやく顔を上げる。

そして俺を見つめる彼の目は――真剣そのものだった。

「……アンタはそもそもステータス至上主義者だし、追放者でもない。『追放者ギルド』は低ステータスを理由に追放された者たちの集まり。それにヴィリーネもいる。自分がどういう境遇に身を置くことになるか、理解してるのか？」

「覚悟の上だ！」

「なら、これからは低ステータスの追放者を差別しないと誓えるか？」

「誓う！」

――即答、だった。

彼の想いに、偽りがあるようには見えない。

少なくとも、その言葉は本心に聞こえるが……

だがまさか、サルヴィオがそこまで己を見つめ直せる人物だとは思わなかった。

それに、一度自分を糾弾した相手に教えを乞《こ》うのは、相当な勇気がいるはず。

それに自らの行為を間違いだったと認めるのも、簡単ではない。

……精神的な意味で、よほど地獄を味わったのだろう。

しかし困ったな。

鍛え直してほしいと言われても、俺は【鑑定眼】を持つだけのしがないギルドマスター。

戦闘に関しては素人《しろうと》だし、なにより絶対ヴィリーネがいい顔をしない。

というか許さないんじゃないだろうか……

そもそも、サルヴィオは曲がりなりにもＳランクの冒険者。

俺だってギルドマスター育成学校を卒業しているから、駆け出しのＤランクやＣランク

なら方向性を提示するという意味で鍛えることはできると思う。

だがSランクともなると……考え方や思想の共有はともかく、彼が望むような根性を叩き直す指導というのは……

俺は考えるが――――ふと、あるアイデアが閃《ひらめ》く。

「才能と………環境か……」

そんなことを呟《つぶや》きながら、隣で一部始終を眺めていたコレットへ振り向く。


〝ウチはガッツと根性だけが取り柄ですが――〟

〝冒険者が好きで、だから冒険者をやるんだって――〟


コレットの口から出た言葉を思い出す。

目よりも耳が真実を教えることもあるならば――それに賭《か》けてみよう。

「な、なんっスか……？」

「コレット、さっき『追放者ギルド』にいられるなら、どんなことでもするって言ったよね。それは本当かい？」

「へ？　も、勿論《もちろん》っスよ！　女に二言はないっス！」

「わかった。先に言っておくけど、俺は絶対にキミを見捨てないし、ギルドマスターとしての責任を放棄したりもしない。約束する。……これから言うことに驚くだろうけど、どうか落ち着いて聞いてくれ」

コレットに確認を取った俺は、再びサルヴィオを見据える。

「この子はコレット・ハスクバーナ。『追放者ギルド』のメンバーの1人だ。——サルヴィオ、キミにはこの子を鍛えてもらいたい」

「お、俺様が……？」

「そうだ。この子は追放者だけど、ヴィリーネたちのような〝隠しスキル〟をなにも持ってない。でも冒険者をやりたいって気持ちは、誰よりも強いんだ。だから彼女を鍛えて、Sランクにも負けない冒険者にしてほしい。その間にキミが追放者を差別せず、コレットを見捨てることもなければ——『追放者ギルド』とこのアイゼン・テスラーは、キミを仲間として認める」

昔、育成学校でこんな言葉を教わったことがある。

〝その人の誠心を試したいと思ったら、権限を与えてみるといい〟

だから俺は考えたのだ。
指導するのが無理なら――――指導させる、というのはどうだろう。

◇　◇　◇

「イヤです。認めません」

正座するサルヴィオを前に、ヴィリーネはキッパリと拒否した。

ですよねぇ、と心の中で思う俺。

サルヴィオの意志を受け止めた俺は、彼を『追放者ギルド』の事務所まで連れて帰り、ヴィリーネとマイカに事の経緯を説明。

……で、どうだろうかと尋ねた答えが、今の一言だった。

「だいたいリーダー……サルヴィオさんは追放者じゃないじゃないですか！　それにあんなにステータスの低い人をバカにしてたのに……信じられません！」

「ま、まあまあ、彼も考えを改めたみたいだし。それにホラ、まだ正式に加入すると決めたワケじゃないから」

「でも……！」

断固として譲ろうとしないヴィリーネ。

それも仕方ない、彼女は『銀狼団』にいた頃ずっとサルヴィオに虐《いじ》められてきたのだから。

トラウマとして記憶に刻まれているはずだ。

今更心を入れ替えたなんて言われても、簡単には信用できないだろう。

彼女の否定に対して、沈黙を貫くサルヴィオ。

——かつて自らが犯した過ちへの罵倒《ばとう》は、甘んじて受ける。

そういう意識の表れなのだと思う。

「マイカちゃんも、なんとか言ってください！」

「それは……アタシも賛成とは言い難いけど……」

マイカにとっても、サルヴィオの姿はクレイと重なるのだろう。

しかし——どうにも彼女は、コレットの方を気にしているようだ。

「でも……マスターがコイツに可能性を感じたのなら、アタシはなにも言わない。アタシはマスターを信じてるもの。だけど——」

マイカはサルヴィオへと歩み寄り、彼の胸ぐらを摑《つか》み上げる。

「——もしも、コレットやヴィリーネ先輩を悲しませるような真似をしてみなさい。その時は、アタシはアンタを絶対許さない。覚えておくことね」

「あ——当たり前だ！　この俺様を誰だと思ってる！　もう二度と、仲間を見捨てるようなことはしない！」

彼の性格というか、相変わらず尊大な物言いだが——その言葉には、重みがあった。

サルヴィオの真剣な眼差《まなざ》しを見て、マイカも彼の胸ぐらを放す。

「ならいいわ。こう言ってるけど、どうするの？　ヴィリーネ先輩？」

「う……ううぅ～……」

「大丈夫だよ、ヴィリーネ」

それでも納得し切れないヴィリーネの頭に、俺はポンと手を乗せる。

「サルヴィオは、もうあの時のサルヴィオじゃない。彼にチャンスをあげよう。コレットのためにも、な？」

「………わかりました、アイゼン様がそこまで仰《おっしゃ》るのなら……」

渋々、と承諾してくれるヴィリーネ。

自らのトラウマを乗り越えられるほど、彼女は強くなったのだろう。

「ありがとう、ヴィリーネ。よく頷《うなず》いてくれたね。お詫《わ》びに、今度美味《おい》しい物でもご馳走《ちそう》するよ」

「ほ、本当ですか!?　でしたら、アイゼン様と2人きりで遊びに行きたいです！」

「え？　あ、ああ、それはいいけど……」

「やったぁ！　ありがとうございます！」

一転して、嬉《うれ》しそうにピョンピョンと飛び跳ねるヴィリーネ。

でも、どうして俺と2人でなんだ？

マイカやコレットとも一緒の方が楽しいと思うのだが。

まあ、それはともかく——

「さて……それじゃあ、コレット？」

「は、はいっス！」

ピシッと姿勢を正すコレット。

少し緊張した面持ちだ。

「キミのガッツを信じて、サルヴィオに特訓を任せる。もし不条理な扱いを受けたら、すぐ報告するように。だけど——俺は可能性を感じるんだ」

「可能性……でスか？」

「〝才が道を拓《ひら》いてくれるとは限らない〟。だったら、がむしゃらに努力することで拓ける道もあると思う。説得力がないかもしれないけど……やるだけやってみようじゃないか」

「ハ――ハイっ！　コレット・ハスクバーナ、ご期待に応《こた》えてみせまス！」

ビシッと敬礼するコレット。

その隣で――サルヴィオがゆらりと立ち上がる。

「――いよぅし、そんじゃあコレットとやら……さっそく、特訓開始だぁ！　ヒャハハハ！」

サルヴィオはコレットを事務所の外に連れ出し、早速特訓に取り掛かる。

「コレット・ハスクバーナ！　これよりこのサルヴィオ様が、お前を扱《しご》きに扱いてやる！年端も行かない乙女だろうが、容赦しねぇからな！　わかったか！」

「は、はいっス！　よろしくお願いしまス！　えっと……サルヴィオ様？」

「バカヤロウ！　俺様のことなんて様付けするんじゃねぇ！　サルヴィオと呼びやがれ！それがイヤなら兄貴と呼べぇ！」

「は、はいっス！　サルヴィオの兄貴！」

自分で自分を様付けするのに、他人には呼ばせないのか……

彼なりの謙虚さなんだろうな、たぶん……

特訓を始めた2人を、俺やヴィリーネは遠目で眺める。

サルヴィオのことを信用していないヴィリーネとマイカは、やや不安そうな表情だ。

「まずは冒険者の基本中の基本、体力作りからだ！　腹筋、背筋、腕立て伏せ、スクワット！　筋トレ全部３００回！　始め！」

「は、はいっス！」

「ヒャハハ！　どうだ、苦しいかぁ!?　だが、お前１人にキツイ思いはさせん！　俺様も一緒に、全部１０００回やってやる！　俺様はＳランクだからな！　ウオオオオオッ！」

コレットと一緒に筋トレを始めるサルヴィオ。

だが、身体を動かすスピードは彼女の倍以上速い。

「よし次！　武器での打ち込み稽古《げいこ》！　俺様がお前の攻撃を全部受けてやるから、本気でかかってこい！　隙を見せたら反撃すっからな！」

「は、はいっス！」

「しかし俺様だけ突っ立っているのでは、公平とは言えん！　だから俺様は右手でダンベルを担ぎ、左手だけで受け切ってやる！　悔しいだろぉ！　ヒャハハハ！」

次に２人は木製の練習用武器を手に、打ち込み稽古を開始。

だがサルヴィオだけは、どこからか持ってきた巨大なダンベルで右手をウエイト・トレーニングしつつ、左手の木剣のみでコレットの打ち込みを捌《さば》いていく。

「オラオラ、どうしたぁ!?　そんな攻撃じゃ、Ｓランクである俺様に傷１つ付けられねぇぞ！　もっと本気でガンガン――ぶふぉっ！」

　コレットに発破をかけるため、威勢よく煽《あお》るサルヴィオだったが、打ち込みの中の１つが彼の顔に直撃。

　……如何《いか》にＳランク冒険者と言えど、右手で筋トレしながら左手のみでコレットの攻撃を受け切るのは無理があったらしい。

「あっ、ごめんなさいっス！」

「いい攻撃だぁ！　だが、そんなんじゃＳランク冒険者にはダメージにもならねぇな！　ヒャハハハ！」

　顔に痣《あざ》を作って、鼻血をボタボタと垂らしつつ高笑いを上げるサルヴィオ。

　いやそれ絶対ダメージになってると思うんだが……

「次は走り込みだ！　強くなりたきゃスタミナを付けろ！　ダッシュダッシュ！」

「は、はいっスぅ！　ゼェ……ゼェ……！」

「ヒャハハハ！　息苦しいよなぁ！　ツラいよなぁ！　安心しろ、Ｓランクの俺様はお前の５倍は走ってやるからよぉ！　ついでに、もし疲労で足が動かなくなったら、俺様が担いでやるぜぇ！　ヒャハハハハァッ！」

　そんな笑い声を奏でながら、サルヴィオとコレットは彼方《かなた》へ向かって走っていった。

……なんというか、あの調子だとサルヴィオの方が鍛えられてしまいそうだな……

「アイゼン様、コレットさんたちは……大丈夫なのでしょうか？」

「ああ……うん……大丈夫、だと信じるよ……」

◇　◇　◇

「よぉし！　その調子だ！　攻撃の手を緩めるんじゃねぇぞぉ！」

「はいっス！　――ハアッ！」

――サルヴィオをコレットの指導役にして、早数日。

彼らは今日も特訓に勤《いそ》しんでいた。

「コレット、精が出るね。サルヴィオもお疲れ様」

俺は2人に差し入れの飲み物を持ってくる。

彼女たちは水筒を受け取ると、小休止に入る。

「特訓はどうだい？　少しは順応してきたように見えるけど」

「いやー、全然！　サルヴィオの兄貴ってば、まるで手加減してくれないんスもん。毎日ヘロヘロっスよ」

「ハハハ、でも動きに無駄がなくなってきたんじゃないか？　どう思う、サルヴィオ？」

「フン！　ダメだなぁ、話にならないぜ！　Sランク冒険者には程遠い！　だが、根性だけなら見どころあるかもなぁ、ヒャハハ！」

なるほど、内心では認めてるってことだな。

特訓中の彼を見ていても、コレットを見捨てるような素振りは一切見せない。

むしろ常に彼女を激励し、鼓舞し、どんな訓練でも一緒に汗水を流して行う。

彼が心を入れ替えたのは、本当だったようだ。

この口の悪さは直る様子はないけれど。

ただ一点、不安なことがあるとすれば——やはり、コレットの〝隠しスキル〟が〝なし〟のままであること。

そりゃたった数日で強くなったり、〝隠しスキル〟に目覚めたりすれば苦労はないのであろうが……

いずれにせよ、コレットとサルヴィオにばかり努力させてちゃいけないよな。

これから先々どうなるかわからない以上、俺にやれることはやっておくべきだろう。

「……コレット、サルヴィオ、キミたちはこのまま特訓を続けてほしい。俺は今日にでも『デイトナ』を出る。しばらく留守にするかもしれない」

「え？　マスターさん、どこかへ出掛けるんスか？」

「ああ、以前ジェラーク総代と会った時に紹介された人がいてね。その人を訪ねてみようと思うんだ」

「ジェラーク総代！　ヒャハハ、こりゃスゲェ名前が出たなぁ！　そんで、そんなビッグネームからいったい誰を紹介されたんだぁ？」

「……冒険者ギルド『アリアンロッド』のギルドマスターにして、〝四大星帝《クアッド・マスターズ》〟の１人──

──メラース・アイルーシカ」

◇◇◇

──大手冒険者ギルド『アリアンロッド』。

ギルドの規模としては『ヘカトンケイル』『アバロン』に続いて大きく、上述の２つよりも魔術や魔術師を重用するギルドとして知られる。

また冒険者ギルドとしても歴史が古く、冒険者ギルド連盟発足時には既に存在していたともされている。

外部と内部を明確に隔てることでも知られており、関係者がギルドの内情を他言することは稀《まれ》だとか。

組織全体が神秘主義や秘密主義に染まっている、なんて怪しい噂も。

――そんな『アリアンロッド』は、『デイトナ』から遠く離れた『ナーシセス』という街に拠点を置いている。

1年を通して霧に包まれ、どこか幻想的な雰囲気すらある都。

ここで俺は『アリアンロッド』のギルドマスターに会って、話を聞かねばならない。

そう――俺自身が持つ【鑑定眼】と、俺が長年抱えてきた〝隠しスキル〟への疑問について。

ジェラーク総代は、彼女なら面白い回答を出せるだろうと言ってたけど……

数日間馬車に揺られ、無事『ナーシセス』に辿《たど》り着く。

そして『アリアンロッド』の建物に向かうべく、街の中を進む。

「本当に街が霧に包まれてる……。それに街全体に魔術が浸透してて、生活の一部となってるんだな。『ビウム』みたいな大都会とは全然違う感じだ」

街のミステリアスな雰囲気に呑《の》まれつつも、なんとかギルドの建物に到着。

中へ入ると、顔も服装も瓜二《うりふた》つな受付嬢が出迎える。

双子だろうか？

「いらっしゃいませ」

「『追放者ギルド』のギルドマスター、アイゼン・テスラー様でございますね？」

「お待ちしておりました」

双子の受付嬢は、こちらが名乗ってもいないのに歓迎してくれる。

「……え、あれ？　どうして俺の名前を？」

「メラース様が仰《おつしゃ》っておりました」

「『追放者ギルド』のギルドマスターが街に入ったから、出迎えて差し上げろと」

「メラース様は街の全てを見ておいでです」

「隠し事はできぬとお思いください」

「さあ、こちらへ」

双子の受付嬢は慇懃《いんぎん》に頭を下げると、俺を案内してくれる。

建物の中は薄暗く、神秘的な装飾が壁や床に施されている。

なんというか……とても趣味の良さを感じるな。

そしてギルドマスターの執務室前に着くと、

「メラース様。アイゼン・テスラー様がお見えに」

『ニャーン』

「かしこまりました。ではアイゼン様、どうぞ中へ」

ギイッと扉を開ける受付嬢。

……え？　今のでいいの？

なんか猫の声が聞こえただけだったけど……

とても不可解だったが、誘《いざな》われるまま執務室へと入る俺。

すると中には大きな執務机があったが——その椅子には誰も座っていない。

代わりに、机の上で丸くなる黒猫が１匹。

「……いらっしゃい、アイゼン・テスラー。あらあら、思ったよりずっと可愛いじゃない。おじ様が期待させるだけあるわね」

聞こえたのは、幼い少女を彷彿《ほうふつ》とさせる声。

同時に黒猫がのそりと動き、座った姿勢でこちらを見据えた。

「ね、猫が喋《しゃべ》った……!?」

「ようこそ、冒険者ギルド『アリアンロッド』へ。さあ、お話をしましょう」

驚く俺を余所《よそ》に、黒猫はシュッと机から降りる。

次の瞬間——黒猫の姿はみるみる変化し、幼い少女へと変貌《へんぼう》した。

「初めまして、アイゼンちゃん。アタシはメラース・アイルーシカ。冒険者ギルド『アリアンロッド』のギルドマスター……なんて自己紹介は不要よね」

子供のような見た目と妖《あや》しい雰囲気を併せ持ち、深淵《しんえん》を連想させる蒼《あお》い瞳《ひとみ》で彼女は俺を見つめる。

同じ〝四大星帝《クアッド・マスターズ》〟であるライドウさんやジェラーク総代とも違う、幻惑的な覇気の持ち主だ。

「は、初めまして。俺は『追放者ギルド』のアイゼン・テスラーです。今のは変身魔術ですか……凄《すご》いですね、全く見抜けませんでした」

「驚いてくれてありがと～。姿形を変えられても、気配までは消せないって魔術師は多いものねぇ。さぁさ、楽にして頂戴《ちょうだい》な」

俺は促されるままに椅子に座り、メラースさんも大きなソファ――というよりソファベッドにごろんと横になる。

彼女は金色の煙管《キセル》に火を入れ、フウッと煙を吐くと、

「聞いたわよ聞いたわよぉ？　あなたたち、あのアクア・ヒュドラを倒したんですってね？　素敵だわぁ、とっても面白い！　アタシは、そういうのを期待してたのよ！」

「は、はぁ、それはどうも……」

「長生きなんてしてると、刺激が恋しくなってくるのよねぇ。だから、あなたみたいな子が出張ってくるのは大歓迎。それにジェラークおじ様からのお願いもあるし、今日はたっぷりと語り合いましょう？」

長生きって、この人いったい何歳なんだ……？

外見上は10歳前後くらいにしか見えないんだけど……

いや、でも〝四大星帝《クアッド・マスターズ》〟の1人であることに違いないし、さっきの変身魔術もあるし……きっと姿なんてどうとでも変えられるってことだろう。

「それで、アタシに聞きたいことがあって来たんでしょ？　ホラ、言ってごらん？」

「は、はい……」

俺はメラースさんに悩みの全てを話した。

俺の持つ【鑑定眼】について。

人ならば誰しもが持つ〝隠しスキル〟について。

そして――〝隠しスキル〟を持たない無能力者のことについて――

「……ふぅん、つまりあなたは、その〝隠しスキル〟を持たない子をなんとかしたいワケなんだ」

「ええ、俺からすればなんの才能《スキル》もないなんてあり得ない。でも昔から疑問なんです。そもそも〝隠しスキル〟というのは――」

「――いったい、いつから身に付くモノなのか？　先天的なのか、後天的なのか？　はたまた……変化する〝隠しスキル〟もあるのではないか？　――なんてトコかしらぁ？」

──続く言葉を奪われた俺は驚き、沈黙する。

対するメラースさんはニヤニヤと笑い、こちらの反応を窺《うかが》っている。

「……ええ、そんなところです。もしかしてジェラーク総代から聞いたんですか？」

「まさか、あの人ってば頑固で口が堅いもの。あなたみたいなお人好《ひとよ》しは、そんな風に考えるんじゃないかなーって思っただけよ」

……なるほど、これは喰《く》えない人だ。

ジェラーク総代が苦笑していたのも、よくわかる。

「……あなたが見える〝隠しスキル〟って、魔術とも似た部分があるわね。先天的に魔術を扱うのが上手《うま》い子もいれば、後天的に勉強と訓練を積んで上手くなる子もいる。その前者後者に、必ずしも絶対的な優劣はない。……もうかなり昔のことだけど、アタシもその違いに興味を持って調べたことがあるの」

「なにか……判明したんですか？」

「──アイゼンちゃん、例えばなにか1つのことをより上手くできるようになりたいって思ったら、あなたはどうする？」

「え？　それは……練習するとか訓練するとか……または上手い人にアドバイスをもらう、とかですかね？」

「そういった行為を、総じてこう呼ばないかしら？　〝経験を積む〟って」

まあ、確かに呼ぶかも。

でも、そんなの別に普通じゃ——

「……あ」

「気付いた？　アタシたち冒険者の世界では、そういうのを〝経験値〟って呼ぶの」

◇　◇　◇

そういえば冒険者の中には、実力を上げたりランクを上げたりすることを「経験値を溜《た》めてレベルを上げる」なんて表現する者たちもいる。

俺は単なる比喩《ひゆ》の一種だと思っていたが——

「経験値というのは、明確に存在するわ。目に見えない確かな数値として、体内に蓄積されてる。大事なのはその経験値を、如何《いか》に効率よく能力に変換できるかってこと。これには潜在的な素質が大きく関与しているわね」

「た、例えば経験値を効率よく攻撃力や魔力なんかのステータス関連に変換できた者が、今世間で問題を起こしてる高ステータスの冒険者ってことですか……？」

そういうこと、とメラースさんは肯定する。

「なる、ほど……。で、でもステータスが低い冒険者が強力な〝隠しスキル〟を持ってることが多いのは、どうして――」

「これは予測なんだけどぉ、低ステータスの冒険者は経験値を効率よくステータスに振れない分、〝隠しスキル〟という能力の取得に経験値を注げるんじゃないかしら？　この理屈がもし正しければ、後天的に〝隠しスキル〟を得るのは十分にあり得るかもしれないわ」

それは、つまり経験値とはポイントであり、ステータスに振ればステータスポイント、スキルに振ればスキルポイントになるってことか。

ただ、そのポイントは自らの意志で割り振れない。

だから先天的に〝隠しスキル〟を持つ人は言わずもがな、仮に後天的に〝隠しスキル〟を得たとしても多くの人がその存在に気付けない。

一応は筋の通る説だ。

だが――まだまだ疑問点もある。

「実際魔術の世界でも、物覚えの悪い子が特定の分野で飛び抜けた才能を見せつけることってあるからねぇ。〝隠しスキル〟も似たようなモノかも？」

「ですが……まだわかりません。その話が正しければ、低ステータス者は経験値が溜まる度に〝隠しスキル〟を持つことになる。スキル取得後に蓄積される経験値はいったいどこに？　1人が〝隠しスキル〟を2つ持つことはないはず――！」

「だから変化があり得るんじゃないかしら。いえ、この場合は進化と呼べるかもしれない。1つの〝隠しスキル〟にさらなる経験値を注ぎ込めば、より強力に進化する可能性はある。そう思わない？」

メラースさんは再び煙管を口に含み、煙を吐く。

「……ぜーんぶ推論だけど、アイゼンちゃんの疑問には答えられたかしら？」

〝隠しスキル〟は後天的に身に付かないのか？

もし身に付くとして、それはいったいいつなのか？

〝隠しスキル〟が変化する可能性はないのか？

――後天的に取得する可能性はある。

――――取得するのは、経験値が溜まった時。

――――――取得後も経験値が溜まれば、進化するかもしれない。

全て、俺の疑問への答えになっている。

「……最後に1つだけ。今の話を前提とした上で、後天的に〝隠しスキル〟を取得できるはずの者が、経験値を溜めても中々解放されない――考えられる理由は2つ。1つ目は、その子が正真正銘の無能でなんの才能もない人間であること。２つ目は――」

「それだけ膨大な経験値が必要なほど、強力な〝隠しスキル〟が眠っている――！」

「かもしれない、ってだけよ。でもグズな子ほど、ある日唐突に化けるものよねぇ」

俺はガタッと席から立ち上がる。

正に今、コレットはサルヴィオの下で経験値を溜めている。

それも急速に。

ならば、コレットが〝隠しスキル〟に目覚めるのも遠くないかもしれない。

俺の判断は、間違ってなかったんだ――！

「あ――ありがとうございます！　俺はコレットを信じます！　あの子の見せてくれる可能性を！　すぐに帰って、彼女に伝えます！」

「ちょっと、待ちなさいな」

急いで執務室を去ろうとする俺を、メラースさんが呼び止める。

「アイゼンちゃんの相談に乗ってあげたんだから、今度はこっちのお願いを聞いてもらえると嬉《うれ》しいわぁ。アタシとしては、あなたの〝目〟の方に興味があるんだからぁ」

「俺の目って……【鑑定眼】にですか？」

「ええ、そう。元来魔術の世界において、目に関する能力は特別で神聖視されているの。

それだけ、強力な力を持つ場合が多いからね。アイゼンちゃんの〝隠しスキル〟を見抜く能力……とっても好奇心をそそられるわぁ」

メラースさんはチョイチョイと屈《かが》むように催促してくるので、俺は膝《ひざ》を落として彼女と目線の高さを合わせる。

すると——彼女は俺の顔を両手で摑《つか》み、グイッと指で下まぶたを開いてくる。

「ひゅいっ⁉」

「怖がらなくていいのよぉ。相談のお礼として、何日間か被験者になってくれればいいからぁ。だから……アタシの研究に付き合ってちょうだいね？」

「い、いや……！　俺にはギルドマスターとしての仕事があってですね……⁉」

「固いコト言わないの。それに検査解析は面白いわよ？　もしかしたら——意外な事実が判明するかもしれないし？」

◇　◇　◇

「ゼェ……ゼェ……よ、よぉし……今日の特訓は、これくらいにしといてやる……オェ」

「も……もう、腕が震えて動かせないっス……」

アイゼンがメラースの下を訪れていた頃——今日も今日とて特訓に精を出していたサル

ヴィオとコレットは、疲労困憊《こんぱい》で地面に倒れていた。

彼らは模擬戦闘訓練に丸1日を費やし、朝から始めて既に時刻は夕方。

空は紅《あか》く染まっており、カーカーとカラスが鳴いている。

ちなみに、今回サルヴィオは巨大なバーベルを肩に担いでスクワットをやりながら片手でコレットの攻撃を捌《さば》いていた。

お陰で、彼の体力もしっかり限界まで追い込まれている。

少し休息を取ったコレットはフラフラと立ち上がり、

「ウチ、水でも取ってきますね……サルヴィオの兄貴の分も持ってきますよ」

「あぁ？　バカヤロウ、気なんて遣うんじゃねぇ。そういうのは兄貴であり教官でもある、この俺様の役割であってだな……」

みっともないところは見せまい、と起き上がろうとするサルヴィオだが、疲労のせいで身体が言うことを聞かず、手足を動かそうにもプルプルと震えてマトモに動かせない。

その様子は、さながら生まれたての子羊のようである。

「いいっスから、兄貴は腕も足も動かせないでしょ？　ちょい休んでてくださいっス」

苦笑混じりにコレットは言うと、歩き去ってしまった。

情けない……Sランク冒険者としてもっと精進しなくちゃならねぇな、と思いつつサルヴィオは紅く染まった空を見つめる。

そして、コレットの姿が見えなくなった時——

「…………お疲れ様です。今日もコレットさんと、たくさん訓練されたんですね」

サルヴィオの視界に、金髪の可愛らしい少女が映り込んだ。

ヴィリーネである。

彼女の口から出る言葉は彼を気遣ったモノだが、その目は少し訝《いぶか》し気だ。

「……おう、アイツが泣いて許しを請うまで、特訓を止めるつもりはねぇなぁ。もっとも、泣いたって俺は見捨ててやらねぇけどよ！　俺はアイツを気に入ったからな、ヒャハハ！」

「特訓に精を出すのは結構ですけど、コレットさんに色目なんて使わないでくださいよ。アイゼン様に言いつけますからね」

「色目だぁ？　ハッ、俺様があんなガキんちょに色目なんて使うように見えるかよ。いいか？　俺様の守備範囲はなぁ——50歳以上の美熟女、いや美魔女に限るんだよッ！」

サルヴィオの大胆なカミングアウトを受けて、ヴィリーネはポカンとする。

そして僅《わず》かに後ずさり、

「サルヴィオさん……そういう趣味があったんですね……」

「オイオイ引くな。美魔女はいいぞぉ？　特に少し背が低めで、母性の中に少女っぽさが残ってて、さらに知的で気が強くてミステリアスな雰囲気まであればもう最高だ。大人の女性ってのは男のロマンなんだよ。わかんねぇかなぁ？」

「わかりません。ま、まあ年上が好きな気持ちは……少しは、わかりますけど……」

　誰のことを考えたのか、少しだけ頬を赤らめるヴィリーネ。

　そんな彼女に対して「そうか、わかるか！　ヒャハハ！」といつものように下品な笑い声を上げるサルヴィオ。

　だが――そんな彼を見るヴィリーネの内心はとても複雑で、彼女は小さくため息を吐く。

「……あなたは変わりました。コレットさんにも本当に良くしてくれています。とても……私が『銀狼団』にいた頃からは想像もできません」

「……」

「アイゼン様があなたを信じるなら、私も同じように信じたい。でも……心の奥底で、どうしてもあなたを認められない私もいるんです。サルヴィオさんのことが許せないって、サルヴィオさんのことが嫌いだって……」

「当然だ。俺様のやったことは、そういうことなんだからな」

　少しだけ体力が回復したサルヴィオは身体を起こし、地面の上に座り込む。

「俺様はお前をバカにして、虐《いじ》めて、パーティから追放した。その結果がパーティの全滅。これがクズのやることじゃなくて、なんだってんだ。もし俺様の目の前に昔の俺様が現れたら、ぶっ殺さずにはいられねぇだろうな」

「あなたは……どうしてそこまで変わったんですか？　私にはわかりません、以前のあなたは絶対に自分を卑下するような人じゃ――」

「毎晩な、夢に出るんだよ」

　ヴィリーネの言葉を遮って、サルヴィオは言った。

「『銀狼団』のメンバーたちが、毎晩夢に出るんだ。そんで俺様に言うんだよ、〝お前のせいで死んだ〟〝お前が皆を殺した〟〝お前のパーティになんて入らなければよかった〟〝お前のせいで〟〝お前のせいで〟〝お前のせいで〟――って、ずぅっとな。お陰でロクに眠れやしねぇ」

「それは……」

「眠る度にアレだけ言われりゃ、自覚もするぜ。……ヒャハハ、どうにも俺様は呪われちまってるみたいでよぉ。きっと、いつかアイツらに地獄へ引き摺《ず》り込まれるんだろうさ。自業自得ってなぁ」

　ヴィリーネは沈黙する。

確かに、間違いなくそれは自業自得だ。

自らを絶対強者だと驕《おご》り、ステータスの低い者を弱者だと排斥して差別し、その果てに仲間を全滅させる――

それで呪われれば、当然の因果応報。

ただそれだけの話。

けれど――それを当人の口から言われると、なんとも返す言葉に困ってしまう。

少なくとも、心根の優しいヴィリーネはそう思った。

「でもハッキリと自分がクソだと思ったのは、あの時だ。お前らに助けられたしばらく後、道端でメンバーを追放しようとしてる奴らを見かけてよ。追放の理由は当然、ステータスが低いから。そのパーティのリーダーは平気で仲間の顔を足で踏みつけて、バカにして笑ってた。そん時思ったんだよ――〝アレは自分だ〟ってな。気付いた時には、俺様はそのリーダーに殴りかかってた」

サルヴィオの表情からは、いつもの下品な笑みが消えていた。

彼は紅い夕暮れ空を見上げ、

「……俺様はいずれ地獄に堕《お》ちる。だが、今堕ちるワケにはいかねぇ。俺様はクズだが、それでもSランク冒険者なんだよ。SランクにはSランクの矜持《きょうじ》と義務がある。いや、なくちゃならねぇ。でないと、今でも冒険者に憧《あこが》れを持ってるコレットみたいな奴が報われない。俺様は、俺様の決意を見せる必要があるんだ」

彼は震える足に力を込め、膝に手を突いて立ち上がる。

「俺様は『追放者ギルド』が、アイゼン・テスラーが追放者への差別を根絶する一助になる。そのために、まずはコレットを俺様にも負けない冒険者にする。それがお前や死んだ仲間たちへのせめてもの償いであり、そして俺様というSランク冒険者の責任の取り方だ。地獄なら、その後で笑って堕ちてやる！」

「サルヴィオさん……あなた、そこまで――」

「お前も……すまなかったなぁ、ヴィリーネ。本当に悪いことをしちまった。だからお前も許すなよ。それが俺様の原動力になる」

サルヴィオはヴィリーネを背に、フラフラと歩き始める。

「コレットは、いずれ凄《すげ》ぇ冒険者になるだろうよ。俺様なんて比較にもならないくらいのな。……なーんてぇ、俺様らしくもなくしみったれた話をしちまったぜ、ヒャハハ！　どれ、コレットの奴が疲労でぶっ倒れてないか、見に行ってやるかぁ！」

◇　◇　◇

場面変わって――何処とも知れぬ鍾乳洞《しょうにゅうどう》の中。

あらゆる人里から遠く離れ、冒険者ギルド連盟でさえも場所を知らない秘境の場所。

そんな神秘性すら残る未踏の地に、足を踏み込む３つの人影があった。

Ｓランクパーティ『アイギス』のメンバーであるクレイ、ヒルダ、サイラスの３人である。

「ヒ、ヒルダよ……本当に、こんな場所に俺の名誉を回復する方法があるのか……？」

不安気な表情で言うクレイ。

彼を案内するように、死霊使い《ネクロマンサー》のヒルダは先導する。

「ええ、その通りよぉ。長い時間をかけて、ようやく見つけた場所なの。だから私を信じて付いてきて、クレイ……フフフ」

艶《つや》のある唇に、妖《あや》しい笑みを浮かべるヒルダ。

そんな彼女の傍には、生気を失った重装士《タンク》のサイラスが随伴する。

――ヴォルクから謹慎を言い渡されていた彼らは、しばらくの間表舞台から姿を消していた。

ヒルダから「時間を頂戴《ちょうだい》」と言われたクレイは『追放者ギルド』への並々ならぬ憎悪を胸に、剣の鍛錬を行いながら過ぎ行く時間に耐えていた。

しかし、そんな苦痛の日々もようやく終わる。

ヒルダから誘いを受けた彼はさっそく動き出し、言われるがまま付いてきたのだが……

——人の気配どころか、モンスターの気配すらない不気味な鍾乳洞。

奥へ奥へと進む度に、重々しい空気はどんどん強くなる。

ここに来てようやく、クレイは不穏な気配を感じ始めていたのだが、

「クレイ、あなたドラゴンって知ってるわよね。確か、これまで倒したことがあるんでしょう？」

唐突に、ヒルダがそんな質問をクレイに投げかける。

「ああ、過去に一度だけ倒したことがある。ドラゴンといえばモンスターの王とも空の覇者とも呼ばれる、最上位クラスのモンスターだからな。途方もなく手強《てごわ》い相手だった。……サイラスがいなければ、勝てなかったかもしれない」

クレイは不死者《アンデッド》となったサイラスを見やる。

そんな彼に対し、サイラスが視線を返すことはない。

「そうよねえ、ドラゴンとは強大な生き物だもの。……だけど、今のドラゴンと大昔のドラゴン——太古の竜《エンシエント・ドラゴン》は異なる存在だった、という伝承があるの」

ヒルダはどこか楽し気に、話を続ける。

「言い伝えによれば太古の竜《エンシエント・ドラゴン》は不死身の存在であり、生ける厄災であり、神そのものでもあった。けれどもいつしか彼らは地上から姿を消し、その末裔《まつえい》である現在のドラゴンは力のほとんどを失っている――らしいわぁ」

ヒルダの話を無言で聞き続けるクレイ。

どうして今そんな話をするのか？　と彼は思ったが、道中の閑談なのだろうと特別に聞き返したりはしなかった。

そして鍾乳洞の最深部と思《おぼ》しき場所に辿《たど》り着くと、

「なんだ、これは……神殿？」

クレイが目の当たりにしたのは、とても古めかしい石造りの建造物。

佇《たたず》まいからして、それはおそらく神殿と呼べる類《たぐい》の物だろう。

まさかこんな場所に人工物があるとは……とクレイが驚いたのも束の間、

「ねぇクレイ、あの大きな石が見える？」

ヒルダが神殿の中央を指差す。

そこには巨大な石が置かれており、石には謎の文字が大量に彫られている。

「クレイ、あの石をあなたの剣で斬ってほしいの。そうすれば、あなたは名誉を取り戻せるわぁ」

「アレを……？　し、しかしあの石を斬ることと俺の名誉に、なんの関係が……」

「お願いよぉ、クレイ♪　……私がこれまで、あなたに嘘なんてついたことあるかしらあ？」

確かに――少なくとも、ヒルダが自分に嘘を言ったことはない。

サイラスの件こそあれど、なにも彼女がサイラスを殺したワケではないのだし……

そう思ったクレイは、腰から剣を抜く。

「……わかった、いいだろう。あんな石ひとつ、このクレイが容易《たやす》く両断してみせよう」

クレイは神殿の中へと踏み入り、石の前に立つ。

彼は剣を構え――

「――〈迅破斬《じんはざん》〉！」

一太刀の下に、大きな石を真っ二つに割ってみせた。

他愛ない、所詮《しょせん》はただの石ころか――クレイがそう思った刹那《せつな》、

「…………やっぱり。ドラゴンを屠《ほふ》った者なら、この〝封印〟を断つことができるのねえ」

ヒルダが呟《つぶや》いた。

直後――鍾乳洞の中に地鳴りが響き、地面が大きく揺れ始める。

「なっ、なんだ⁉　地震⁉」

「下がって、クレイ。……サイラス、防御態勢」

『――――』

クレイはヒルダの傍まで下がり、サイラスは巨大な盾を構えて2人の前に出る。

そして神殿が崩れると――地面を突き破って、3本指の〝バカでかい骨の腕〟が出現した。

骨の腕はクレイたちを押し潰《つぶ》そうとするが、サイラスが身体を張って防ぐ。

「ヒィ……⁉　な、なんだこの腕は――ッ⁉」

「ダメよクレイ、動かないで」

驚くクレイとは対照的に、冷静に対処するヒルダ。

骨の腕はすぐに引くが――同時に巨大な竜の頭が――いや、骨と化した竜の頭が、その姿を露《あら》わにした。

『ォォォゴオオオオオオオオオッ!!!』

骨の竜は既に目を失っており、息を殺したクレイたちを見つけられない。

　そして憤怒《ふんぬ》と怨嗟《えんさ》に満ちた咆哮《ほうこう》を奏でながら、鍾乳洞の天井を突き破り、そのままどこかへ行ってしまった。

「な……な……なんだ、アレは……!?　骨のドラゴン……!?」

「――さっきの話の続きだけれど、不死身である太古の竜《エンシエント・ドラゴン》を殺せなかった大昔の人々は、彼らを封印することで勝利を収めたんですって。けれど封印はあくまで封印、地下深くに眠らされた太古の竜《エンシエント・ドラゴン》の肉は生きたまま腐り落ち、醜い姿になっても人間に復讐《ふくしゅう》する時を待ち侘《わ》びているとか。……さながら、アレは〝エンシェント・ドラゴンゾンビ〟ってところかしらぁ」

「不死身のドラゴンゾンビだと……!?　何故そんなモノを世に解き放った！　あ、あんな化け物が人々を襲ったら、一体どれだけの犠牲が出るか――！」

「あら、だからいいんじゃない♪」

　フフッ、とヒルダが笑う。

「あの子にたくさん、たっくさん人や街を襲ってもらって、誰もが絶望した時に『アイギス』が現れる。そして理想的なタイミングでエンシェント・ドラゴンゾンビを倒せば、一躍英雄に――いいえ、あなたは〝勇者〟になれるわぁ。楽しい筋書きだと思わない？」

「お……俺に、活躍を自作自演しろっていうのか……？　そのために人々を襲わせろと…

…？　く、狂ってる……！」

「栄光を取り戻したいのよねぇ？　名誉が必要なのよねぇ？　誰にも倒せないエンシェント・ドラゴンゾンビを倒してごらんなさい。ヴォルク様はもう一度、いいえ今までよりもあなたを信頼してくれるはずよ。そのための手段なんて……どうだっていいじゃないの」

　クレイの額から冷や汗が噴き出る。

　吐き気を堪《こら》えて、口元を手で覆う。

　彼の中に残った最後の良心が、大きく揺らいでいた。

「だ、だけど、だけど、不死身の化け物を殺すなんて、どうやって……」

「大丈夫よぉ、大丈夫。私が知っているもの……クスクス、ええ、私が知っている。だからなにも心配いらないの」

　ヒルダは聖母のように優しく諭し、怯《おび》える彼を抱きしめる。

　そして彼の頭を撫《な》でながら、

「……そうだわぁ。せっかくだし、あの子には意趣返しを手伝ってもらいましょう。確か『追放者ギルド』って言ったかしら、私たちを貶《おとし》めた悪ぅい子たちは。今は『デイトナ』って街を拠点にしているらしいわねぇ。……ねぇクレイ？　私って、こう見えて陽動が得意なの♪」

『追放者ギルド』——その名前を聞いた瞬間、クレイの心は黒く染まった。

◇　◇　◇

「どうしたどうしたぁ！　そんな攻撃じゃ、ミノタウロスだって倒せねぇぞ！」

「ハァ……ハァ……ッ！」

いつものように模擬戦闘訓練に励むサルヴィオとコレット。

しかし今日は生憎《あいにく》の雨であり、２人はずぶ濡《ぬ》れ。

地面はぬかるんで滑りやすく、気温も下がって息が白く色づく。

連日の特訓によりコレットの実力は確実に上達しており、サルヴィオも剣をしっかり両手で握って攻撃を受けるようになっていた。

とはいえ、まだまだＳランク冒険者であるサルヴィオには及ばない。

強くなっているのは間違いないのだが——特訓の量に比して、やはり成長が遅い。

もし筋のいい冒険者がこれだけ濃密な特訓を積めば、Ｓランクまではいかずとも、既にＡランク中位レベルの強さは身に付いているだろう。

もっとも、コレットの意気込みと根性をなにより評価していたサルヴィオにとって、成長の遅さなど大きな問題ではなかったのだが――

「ヒャハハ、オラどんどん打ってこい。雨だからって気ぃ抜けてんじゃねぇのか？　今日の攻撃にはガッツが足りねぇぞ」

笑って煽《あお》るサルヴィオ。

それは普段のように、口の悪い彼が何気なく発した一言だった。

しかし――その直後、コレットの様子が変わる。

みるみる内に彼女の瞳《ひとみ》から闘志が消えていき、ハルバードを構えていた両腕から力が抜けていく。

これは――不味《まず》い。

サルヴィオがそう思ったのも束の間、コレットはべしゃっとその場に座り込んでしまう。

「う……ううぅ……」

「お、おい、コレット――」

「ど……どうしてなんスか……？　どうして、ウチは強くならないんスか……？」

雨で濡れてハッキリとは見えないが――彼女は、泣いていた。

その両目からは、悔しさと悲しさが溢《あふ》れ出ていた。

「こんなに……こんなに特訓してるのに、全然サルヴィオの兄貴に攻撃を当てられない…

…未《いま》だに兄貴の攻撃をロクに捌《さば》けない……。兄貴は、こんなウチをずっと鍛えてくれてるのに……」

「お前……」

それがまさにコレットだった。

――普段から弱音を吐かず、士気が高い者ほど、折れる時は唐突に折れるのだという。

普段から飄々《ひょうひょう》とした元気っ子な分だけ、自分へ対するフラストレーションを口にせず、ずっと溜《た》め込んでいたのだろう。

そう、サルヴィオにとっては問題視すべきことでなくとも――その問題に、当人は気付いてしまっていたのだ。

「ウチは……ウチはやっぱり、才能ないんスか……？　幾らやっても無駄なんスか……？やっぱり……ウチは……冒険者なんて……」

「おい、コレット」

サルヴィオはへたり込むコレットの前まで歩き、彼女の前で屈《かが》む。

そして、彼女の顔を覗《のぞ》き込む。

「お前がお前を諦《あきら》めるなら、そいつは別にいい。無理ならもう無理だと言やぁいい。だがな、俺様はお前を諦めてなんてやらねぇ」

「……」

「それにな、なんだぁ今の言い草は？　才能があれば立派な冒険者になれるとでも言いてぇのか？　俺様を見ろや、体軀《たいく》に恵まれててステータスも高くて、Sランクになれるような才能があったのに、それに溺《おぼ》れて仲間を全滅させた最悪の野郎になっちまった。……才能に恵まれていないから不幸だなんて幻想は、今すぐ捨てろ」

　サルヴィオは諭すように力強く言う。

　けれどその声色は静かで、怒鳴るような感じは一切ない。

「いいかコレット。冒険者が冒険者として終わる時っつーのは、才能がないと気付いた時でもなけりゃ、戦いで手足が吹っ飛んだ時でもねぇ。冒険者でいたいっていう気持ちが消えた時だ。だからお前がお前を諦めても、俺様やアイゼンはお前を諦めねぇ。だって、お前は誰よりも冒険者でいたいって気持ちが強い奴じゃねぇか」

「そ……それはぁ……」

「今のはちょっと疲れが溜《た》まって、愚痴が漏れちまったんだろ。少し休めばどうせ元通りだろうが。世話を焼かせやがって、このアホめ。ホレ、事務所まで背負ってやっから、早く乗りやがれ」

　サルヴィオはコレットへ背中を向け、彼女に乗るよう催促する。

しかし――

「…………いえ、すみません。どうか訓練を続けさせてほしいっス……」

コレットは目元を擦《こす》り、ハルバードを持って立ち上がる。

「あぁ？　続けるったってお前――」

「どうか、お願いしまス！」

力強い声で、コレットが叫ぶ。

――彼女の瞳に、闘志が戻った。

それを見たサルヴィオも、再び剣を取る。

「ヒャハハ……いいぜ、そんじゃあ続けてやる」

間合いを取り、剣を構えるサルヴィオ。

そしてコレットも再びハルバードを構えるが――

「……あん？」

すぐにサルヴィオはコレットの異変に気が付いた。

――気迫、いや覇気とでも言うべきか？

ハルバードを持つ彼女の雰囲気が、明らかに先程までと違う。

手《て》練《だ》れのSランク冒険者であるサルヴィオの目には、そこに立つ少女はまるで別人のようにすら映った。

「ハアアアアッ！」

サルヴィオ目掛け、コレットが勢いよく飛び込む。

その攻撃を受けるべく、彼も防御の姿勢を取るが——コレットの攻撃速度は、サルヴィオの予想よりずっと上だった。

「う——お——ッ⁉」

甲高い剣戟《けんげき》音と共に、強烈な一撃がサルヴィオを吹っ飛ばす。

剣を持つサルヴィオの両手が痺《しび》れる。

凄《すさ》まじい衝撃と攻撃力——とてもコレットから放たれたとは思えない。

「ア、アレ……？　ウチ、今なにを……？」

「お……お前、今の……」

コレットも自分の繰り出した攻撃を理解できず、驚いたまま顔を見合わせる。

だが、その余韻も長くは続かなかった。

「——アイゼン！　ねぇ、アイゼンはいる⁉」

突然、２人の下にカガリナが走ってくる。

彼女は傘もささず、びしょ濡れだが——そんなことを気にかけていられないほど、鬼気迫る表情だ。

「カガリナさん……？　い、いえ、マスターさんならいないっスよ？　たぶんまだ『ナーシセス』の街にいるんじゃないかと……」

「そ、そうなの……？　そうなんだ……アイゼンは街にいないのね……」

カガリナは安堵《あんど》したような余計に不安なような、なんとも複雑な表情を見せた。

とはいえいつも勝気なカガリナが、珍しく狼狽《うろた》えている。

そんな彼女を流石に不思議に思ったサルヴィオたちは、

「おい、なんかあったのか？　俺様たちでよければ話を聞くが……」

「なんかあったどころじゃないわよ！　こ、この街に……『デイトナ』に、巨大な骨の化け物が向かってきてるのッ！」

◇　◇　◇

「楽しかったわよぉ、アイゼンちゃん。お陰で色々なことが調べられたわぁ」

『アリアンロッド』の建物、その正面玄関前。

俺を見送ろうと、満面の笑みでメラースさんがヒラヒラと手を振る。

——俺が『アリアンロッド』を訪ねて、早数日。

生粋の魔術師である彼女から、今日の今日まで実に様々な検査・実験を施された俺は、げっそりと疲れ果てていた。

いやホント……こういうのはもう勘弁願いたい。

検査と言えば聞こえはいいが、実際には実験動物にでもされている気分だった。

不味い薬とかたくさん飲まされたしさぁ……

目なんてもう乾燥しちゃって……

「はぁ……相談に乗ってもらえたのは感謝してますが、検査はもうこれっきりにしてくださいよ……モルモットにでもなっている気分でした」

「そう言わないの。データはかなり採れたし、さっそく解析に入ってみるわぁ。もしわかったことがあれば、すぐに連絡してあげる」

「お願いします。俺も、【鑑定眼】に関してはもっと色々知りたいですから」

実際、興味がないと言えば嘘になる。

メラースさんが言ったように経験値によって〝隠しスキル〟が進化するならば、それは俺も例外ではない可能性があるからだ。

ともあれ、今はすぐに『デイトナ』に帰って経験値のことをコレットに話してあげたい。

どちらかと言えば、今の俺の頭はそっちでいっぱいだった。

「それじゃ、また会いましょうアイゼンちゃん。ウチのギルドとしても、『追放者ギルド』と繋《つな》がっておくのは――」

「……メラース様、お話し中失礼致します」

俺たちが別れを惜しんでいると、双子の受付嬢の片割れが話に割り込んでくる。

そして、メラースさんに小声で耳打ちした。

どうやら、急を要する案件らしい。

「――っ！　それは、間違いないのかしら!?」

「はい、確認が取れております。ジェラーク総代から至急手練れを集めるようにとお達しが」

さっきまでとは打って変わって、深刻そうな顔をするメラースさん。

そして無言のまま金色の煙管《キセル》を咥《くわ》え、火を入れて煙を吸う。

「……アイゼンちゃん、これはあなたにも直接関係あることだから話すけど――心してお聞き」

◇　◇　◇

「――親父！　『追放者ギルド』の皆を連れてきたわよ！」

カガリナが『アバロン』の扉をバンッと開き、中へ入るなり叫ぶ。

建物の中には既に何人もの冒険者たちが集まっており、会議を開いている最中だった。

その中心には、『アバロン』のギルドマスターであるライドウの姿が。

「……おう、来たか。おい、アイゼンの坊主はどうした？　姿が見えねえが」

「アイゼン様なら、今は『ナーシセス』に。代わりに私たちがお話を伺います」

『追放者ギルド』のメンバーを引き連れて、ヴィリーネが答える。

アイゼン不在の状況ということで、マイカの提案により彼女が臨時の代表を務めることになった。

以前にアクア・ヒュドラを直接倒した経験もあってか、それともアイゼンのいないギルドを支えたいという想いからか、今のヴィリーネはぐっと洗練された顔つきをしている。

「……そうかい。話はおおよそカガリナから聞いてるかもしれねぇが、この『デイトナ』に巨大な化け物が向かってきてる。調査隊からの情報によれば、そいつは骨だけのバカでかいドラゴンのような形をしてるそうだ」

「骨のドラゴン……で、でもドラゴンが骨だけになって動くことなんて……」

「ああ、通常はあり得ない。これまで死霊使い《ネクロマンサー》がドラゴンの操作に成功した事例もないしな。信じたくはないが……『ビウム』の司書官の話によれば、太古の竜《エンシエント・ドラゴン》が復活した可能性が高いらしい」

「太古の竜《エンシエント・ドラゴン》ですって……⁉　ち、ちょっと冗談でしょ⁉」

驚きの声を上げたのはマイカだった。

彼女は太古の竜《エンシエント・ドラゴン》という存在を知っているらしい。

「それって大昔に存在したとかいう、不死身で生ける厄災とも呼ばれた——っ！」

「ああ、神そのものとすら形容されてたらしいな。もし本当に不死身なら、骨だけになって動いても不思議じゃねえ」

「そ、そんな規格外のモンスター相手にできるの⁉　アクア・ヒュドラを倒すのとはワケが違うわ！」

「だから、それを今議論してた。幸いにも早い段階で目撃情報があったらしくてな。ヴォルクの野郎が『ヘカトンケイル』の冒険者を大勢引き連れて迎撃に向かってる。だが相手が太古の竜《エンシエント・ドラゴン》ってことを考えると……最悪の事態を想定した方がいいだろう」

最悪の事態——それがなにを意味するか、この場にいた全員にはわかっていた。

「太古の竜《エンシエント・ドラゴン》が『デイトナ』まで来ちまった場合、オレたちが取るべき方針は2つ。街を捨てて逃げるか——それとも街を守るために戦うか、この2択だ」

「ここは一旦《いったん》逃げるべきだろ！　『ビウム』から増援が来るまで戦力を温存しよう！」

「だがそれじゃ『デイトナ』の街が地図から消えることになる！　それに、今からじゃ住人の避難が間に合わない！」

ライドウの周りを囲っていた冒険者たちの意見は一斉に分かれる。

実際、これはライドウ自身も簡単に決断を下せない内容だった。

相手がもし本当に太古の竜《エンシエント・ドラゴン》であったなら、その伝承が本当であったら、大勢の冒険者が犠牲になるのは明白。

それどころか、撃退できるのかさえ怪しい。

街を捨てて退却か――

それとも犠牲を覚悟で打って出るか――

彼らが決断を迫られた時、

「……やりましょう。戦うんです」

その一言を発したのは、ヴィリーネだった。

「この街は……私たちの、皆の街です。『デイトナ』に愛着のある方も少なくないでしょう。それに、ここが生まれ故郷だって方も……。ならそんな場所を守るのも、この街に居を構える私たち冒険者の役目なんじゃないでしょうか……？　きっとアイゼン様なら、そう仰《おつしゃ》るはずです」

「「「……」」」

ヴィリーネの言葉に、多くの冒険者が沈黙する。

彼女の言う通り、『デイトナ』という街に愛着を持つ者は少なくなかった。

そしてこの街が故郷だという者も――――そう、例えばカガリナのような。

「……ウチも賛成っス。戦うべきっスよ」

そのすぐ後、コレットも言葉を発する。

「ウチみたいな弱小になにができるか、どこまでやれるかなんてわかりませんケド……この街を見捨てたら、きっと後悔すると思うんス。ウチは、ウチはやっぱり、冒険者として後悔なんてしたくない」

「コレットさん……！」

「ヒャハハ……いっちょまえに言うようになったじゃねぇか」

サルヴィオはコレットの頭に手を乗せ、わしゃわしゃと髪を撫《な》でる。

「聞いたかぁ、テメエら!?　俺様たち『追放者ギルド』は打って出る！　どうせ連盟はガッポリと報酬を用意してくれんだ、俺様たちがまとめてかっさらっちまうからよぉ！　意気地のねぇ奴らは指咥えて見てやがれ、ヒャハハハァッ！」

「な、なんだと！　独り占めなんて認めねぇぞ！」

「そうだ、俺たちにも分け前を寄越しやがれ！」

「ドラゴンの骨なんて、どうせ叩《たた》けば折れるんだろうが！　ここが稼ぎ所だぜ！」

「おうよ！　『アバロン』の冒険者の底力、見せたらぁ！」

　場にいた冒険者たちは、次々と参戦を表明。

　こういう時、なんと言えば冒険者という輩《やから》は動いてくれるのか、サルヴィオは経験上よく知っていた。

　そんな彼らを見ていたライドウは、フッと笑う。

「――――よし、決まりだ」

第4章　デイトナ防衛戦

「相手はあの太古の竜《エンシエント・ドラゴン》か……フン、不足はねぇな」

日没前——真っ赤な夕日を背にしながら、〝四大星帝《クアッド・マスターズ》〟の1人であるヴォルク・レオポルドは不敵な笑みを浮かべていた。

骨のドラゴン《エンシエント・ドラゴンゾンビ》の情報を受けた連盟は事態を重く見て、連盟内で特に武闘派揃《ぞろ》いで知られた『ヘカトンケイル』に迎撃を命じていた。

ヴォルクも伝説のモンスターを倒す手柄を得られると聞いて、ギルドの団員を集められるだけ集めて馳《は》せ参じたのである。

その数、実に2000人。

それだけ膨大な数の冒険者が、ヴォルクの定めた迎撃地点で戦の時を待っている。

ヴォルクの下に伝令がやって来て、

「報告！　『ヘカトンケイル』の冒険者2000名、全て配置に着きました！」

「おう、ご苦労。しかし2000人とはちと少ねぇな。時間に余裕があればもっと集められたってのによ」

「なにぶん急な招集でしたから。とはいえ、これだけいれば十分すぎるくらいでしょう」

ハハハ、と笑って伝令が言う。

それを聞いて、ヴォルクがギロリと睨《にら》みを利かせた。

「……十分だと？　お前、ドラゴンと実際にやりあったことあんのか？」

「い、いえ、ありませんが……」

「テメエはワイバーンかなにかとやり合うつもりでいるのかもしれねぇが、ドラゴンって種族をそんな雑魚《ざこ》と一緒にするなよ。アレは神にも等しい存在だ」

ヴォルクの出した〝神〟という単語に、呆気《あっけ》に取られる伝令。

それは力を絶対のモノとして信仰する彼の使う言葉としては、あまりに似つかわしくなかったからだ。

「か、神……ですか……？」

「その身体は鉄よりも硬い鱗《うろこ》で覆われ、その翼は如何《いか》なる悪天候を物ともせず、その口は岩をも溶かす灼熱《しやくねつ》の炎を吹き出す……。ドラゴンは普通のモンスターとは違う。しかも今回の相手は太古の竜《エンシエント・ドラゴン》ときたもんだ。冒険者が１０００人いたって足りねぇかもよ」

「……ヴォルク様は、ドラゴンと戦ったことがあるのですか？」

「ああ、ある。そして俺は倒せなかった。だから今度こそ狩ってやるのさ。今度こそ……

獅子《しし》は竜より強《つえ》えってことを証明してやる」

そう語るヴォルクの目は闘志に燃えていたが、その口調はどこか怯《おび》えているようでもあった。

「で、ではなぜ『アイギス』に声をかけなかったんです？　彼らは『ヘカトンケイル』の中で、唯一ドラゴンを倒した実績のある――」

伝令が言いかけた瞬間、彼は胸ぐらを勢いよくヴォルクに摑《つか》まれる。

「今、アイツらの話をするなッ！　俺が認めた強者の身でありながら、追放者なんぞに後れを取った負け犬の……！　もう一度アイツらの名前を出したら、テメエの頭を叩き割るぞッ!!!」

「ヒッ、ヒイッ……！　申し訳ありませんでした……ッ！」

突き飛ばすように、ヴォルクは伝令の胸ぐらを放す。

――かつて『アイギス』はヴォルクが最も目を掛けていたパーティであり、中でもそのパーティリーダーであったクレイは特に可愛がっていた。

故に〝可愛さ余って憎さ百倍〟だったのだが――ヴォルクにとってなによりも許せなかったのは、自分がいずれ倒すべき相手を倒したクレイが、自分よりも遥《はる》かに弱い存在であった追放者のダシに使われたという事実。

ヴォルクは心の片隅で、自らを越えたクレイを尊敬していたのである。

だからこその失望感は、計り知れないモノだった。

一度息を荒らげたヴォルクだったが、

「もういい！　それより、太古の竜《エンシエント・ドラゴン》はまだ現れねぇのか？」

「い、いえ、情報によるとそろそろ――」

伝令が言いかけた時、彼らの足に僅《わず》かに震動が伝わってくる。

ズン、ズンという等間隔で響くその震動は徐々に大きくなり、巨大な足音だと気付くまで時間はかからなかった。

『オォォゴゴオオオオッ！』

そして――迎撃態勢を整えた『ヘカトンケイル』の前に、骨のドラゴン《エンシエント・ドラゴンゾンビ》が出現する。

「アレが……太古の竜《エンシエント・ドラゴン》……⁉」

その姿を見たヴォルクは驚きを隠せなかった。

かつて自分が戦ったドラゴンと、あまりに風貌《ふうぼう》が異なったからだ。

もはや生物とすら呼べない骨のドラゴン《エンシエント・ドラゴンゾンビ》に恐怖を覚えるヴォルクだったが――それをすぐに闘争心へと変える。

「まさか……まさか骨の竜とはな！　さあ狩りの時間だぞ、『ヘカトンケイル』！」

「「「オオオッ!!!」」」

彼の掛け声に鼓舞された『ヘカトンケイル』の冒険者たちは、一斉に骨のドラゴン《エンシエント・ドラゴンゾンビ》へと向かっていく。

『ヘカトンケイル』に属する冒険者はほとんどが高ステータスで、勇猛果敢な戦いぶりをよく知られた者たち。

臆《おく》することなく挑んでいく姿は、まさしく猛者《もさ》であったが――

『オオオゴオォォ！』

骨のドラゴン《エンシエント・ドラゴンゾンビ》の巨体から繰り出される攻撃で1人、また1人と戦いの中に沈んでいく。

骨の腕に押し潰《つぶ》され、骨の尻尾《しっぽ》で薙《な》ぎ払われ――

逆に彼らの攻撃が骨のドラゴン《エンシエント・ドラゴンゾンビ》に効いている様子はまるでなく、縦横無尽に暴れ回る姿は破壊神と呼ぶに相応《ふさわ》しい。

2000人もいた冒険者がみるみる内にやられていく様に、ヴォルクは戦慄《せんりつ》すると同時に――強い郷愁を覚えた。

「おお……アレだ……あの姿こそ、かつて俺がまみえたドラゴンそのものだ……！」

ヴォルクは自ら武器を手に取る。

4本の鋭利なかぎ爪が備わった手甲《ガントレット》。

それを装備したヴォルクの姿は、狩りに挑む気高き獅子。

力なく倒れる部下たちの間をゆっくりと進み、彼は骨のドラゴン《エンシエント・ドラゴンゾンビ》の前に立つ。

「……久しぶりだな、神《ドラゴン》よ。歳を取り、一線からも退いて、〝四大星帝《クアッド・マスターズ》〟なんて退屈な地位に就いちまったが……ひと時もお前を忘れたことはない」

手甲《ガントレット》を強く握り、姿勢を落とし、拳闘《けんとう》の構え。

冒険者として一線から退いたとは思えない覇気をまとい、ヴォルクは笑みを浮かべる。

「さあ、今度は俺の番だ。俺とお前、どちらが狩る側なのか……ハッキリさせようや！」

ヴォルクの全身の筋肉が膨張し、力みと共に血管が隆起する。

次の瞬間——猛獣と化した彼は、目にも留まらぬ速さで襲い掛かった。

「グルアアアアアッ!!!」

——連撃。

手甲《ガントレット》のかぎ爪が、猛烈なスピードで骨のドラゴン《エンシエント・ドラゴンゾンビ》に斬撃《ざんげき》を叩き込む。

その攻撃は荒々しく暴力的で、けれど正確無比。

歳を取って冒険者としては引退した身とはとても思えない。

「す、すげえ……」

「あれが、ヴォルク様の本気なのか……！」

戦いを見守っていた『ヘカトンケイル』の冒険者たちは息を呑《の》む。

この場にいる冒険者のほとんどは、これまで実際にヴォルクが戦う姿を見たことがなかった。

かつては〝望蜀《ぼうしょく》の獅子王〟という異名で呼ばれたほどの強さだったらしいが、もはや実戦で通用するほどの力はないだろう――無意識にそう思っていた者も多い。

だが、そんな考えは瞬時に払拭《ふっしょく》された。

あれは――獅子だ。獣だ。

その異名に偽りなし。

まるで衰えを感じさせないヴォルクの戦いに、誰もが圧倒されていた。

「グルアアアアッ！」

ヴォルクは骨のドラゴン《エンシエント・ドラゴンゾンビ》の巨体を翻弄《ほんろう》し、その首元に狙いを定める。

そして両腕を掲げ――

「終わりだ――神《ドラゴン》よッ！」

剛腕が振るわれる。

刹那《せつな》――骨のドラゴン《エンシエント・ドラゴンゾンビ》の身体から、頭部が弾《はじ》き飛ばされた。

頭蓋骨《ずがいこつ》はズシンと音を立てて地面に落下し、同時に身体の方も倒れて動かなくなる。

——静寂。

戦いを目撃した冒険者たちは、誰一人として言葉を発さなかった。

まさに圧倒的な勝利。

獅子は竜に勝ったのだ。

ヴォルクは骨のドラゴン《エンシエント・ドラゴンゾンビ》の身体の上で佇《たたず》み——

「ハハハ……ハハハハハッ！　勝利！　我が勝利なり！　今度こそ——今度こそ、獅子は竜の首を落としたぞッ!!!」

高らかに雄叫《おたけ》びを上げる。

瞬間、ワッ！と上がる歓声。

『ヘカトンケイル』が太古の竜《エンシエント・ドラゴン》を討伐した——

望蜀の獅子王《ヴォルク・レオポルド》が神《ドラゴン》を倒した——

その場面を目撃した皆が、心から勝利を祝った。

だが——次の瞬間——

〝ドスッ〟という鈍い音が、ヴォルクの腹部から響く。

「あ……？」

視線を落とし、自らの腹を見たヴォルクの目に映ったモノ。

それは——腹部から突き出た、鋭い骨の尻尾だった。

「が——ふ——っ」

血を吹き出すヴォルク。

鋭利で野太い骨の尻尾は背中から彼を貫き、身体に大穴を空けていた。

まさに一瞬の油断。

誰が見ても理解できる、明らかな致命傷。

そして骨の尻尾はブオンッと振るわれ、ヴォルクを軽々と投げ飛ばした。

『オオオゴォォォ……！』

——地鳴りのように鳴り響く、骨のドラゴン《エンシエント・ドラゴンゾンビ》の呻《うめ》き声。

その声が聞こえた直後、落とされたはずの骨のドラゴン《エンシエント・ドラゴンゾンビ》の頭蓋骨が動き出す。

そして分かたれた骨の身体と結合すると——再び、骨の巨体が起き上がった。

『オォォゴゴゴオオオオオッ！』

「う————うわああああああああッ!!!」

『ヘカトンケイル』の冒険者たちの悲鳴と絶叫が木霊《こだま》する。

首を落としたにも拘《かか》わらず、まだ動き続ける怪物。

冒険者たちは本能で理解した。

アレは、殺せないんだと――アレは、不死身なんだと――

逃げ惑う冒険者たち。

だが骨のドラゴン《エンシエント・ドラゴンゾンビ》は、そんな彼らに無情にも襲い掛かるのだった。

――そしてこの戦いより数時間後、冒険者ギルド連盟に〝ヴォルク・レオポルドの殉職と『ヘカトンケイル』の壊滅〟の報《しら》せが届くことになる。

◇　◇　◇

――『ヘカトンケイル』の壊滅が『デイトナ』に伝えられたのは、完全に陽が落ちた後のことだった。

これにより、ライドウたちは本格的に迎撃の準備を整えることとなる。

ライドウが冒険者たちに提示した作戦はシンプルだった。

まず、骨のドラゴン《エンシエント・ドラゴンゾンビ》を迎え撃つのは『デイトナ』からやや離れた平原。

そこならば多くのトラップを設置できる。

場所が広いため冒険者たちを大勢展開でき、攻撃の効率を上げることが可能だ。

渓谷や起伏の激しい丘があればなお理想だったのだが、生憎《あいにく》と相手の進行方向にはそういった地形は存在しなかった。

まず平原に設置した爆発物や魔術トラップで可能な限りダメージを与え、それでも止まらなければ弓使いと魔術師たちが遠距離から一斉攻撃する。

それで倒せれば御の字だが、なおも直進を続けるならば、剣士たち近接戦闘を担う冒険者の出番。

と言っても、ドラゴンの巨体相手に闇雲に斬りかかるワケではない。

――ヴィリーネだ。

アクア・ヒュドラを仕留めた実績を持つ彼女が、今回も作戦の要《かなめ》となる。

他の冒険者たちの役目は彼女の護衛と、注意を逸《そ》らすための攪乱《かくらん》である。

――夜明け前の平原。

冒険者たちが各自迎撃の準備を整える中、ライドウがヴィリーネに声をかける。

「頼んだぞ、ヴィリーネの嬢ちゃん。お前さんの目はモンスターの弱点が視えるはずだ。そこを貫ければ、不死身のドラゴンでも倒せる可能性が高い」

「はい、わかっています。怖いですけど……やってみせます！」

力強い瞳《ひとみ》で頷《うなず》くヴィリーネ。

彼女もアクア・ヒュドラを倒してから、１人の冒険者として大きく成長していた。

まだまだ怖がりな部分もあるが、以前のような自分への自信のなさは消え失《う》せていた。

「いやはや……ウチの団員ってワケでもねぇのに、こんな大役任せちまって悪いな……。ギルドマスターであるアイゼンも不在だってのに……。後でアイツに知られたらどやされちまいそうだぜ」

「フフ、そんなことありませんよ。たぶん、アイゼン様も理解してくださるはずです」

だといいがな、と頭をポリポリと掻《か》くライドウ。

その隣では、カガリナが不安そうな表情を見せる。

「……アイゼンにこの情報は届いてるのかしら。今は戻って来てる最中なのかな」

「たぶんな。メラースのところにいたんなら、確実に耳に入ってるはずだ。できることなら、アイツにも指揮の一翼を任せたかったんだが。……アイゼンが隣にいなくて不安か、カガリナ？」

「は、はぁ!?　別に不安とかそんなんじゃ――――！　……正直、自分でもよくわかんない。アイツが安全な場所にいてくれてよかったと思ってるのか、こんな時だからこそ傍にいてほしいと思ってるのか……」

「わかります、その気持ち。……複雑ですよね、乙女心は」

カガリナの想いを汲《く》み取るように、苦笑するヴィリーネ。

本当は、この子の方がずっと不安で怖いだろうに――

それでも自分を励まそうとしてくれるヴィリーネに、「本当にね……」と答えるカガリナの胸がズキリと痛んだ。

――場面変わって、コレットも戦いに備えて自分のハルバードを磨いていた。

彼女の肩は強張《こわば》り、顔には緊張が見える。

「おいコレット、ちったぁ肩の力抜け。まるで新米みてぇだぞ」

そんな彼女の下にサルヴィオが現れ、十分に温めたホットワインを手渡す。

カップを受け取ったコレットは、

「あ、ありがとうございまス。いやぁ、どうしても落ち着かなくて……」

「俺様たちはあくまで予備戦力の待機組だ。俺様もお前のお守りがあるしよ。斬り込みは『アバロン』の奴らとヴィリーネに任せりゃいい。なぁに、いざとなったら特訓の成果を十分に見せつけてやりゃあいいだけよ、ヒャハハ！」

ヴィリーネやコレットとは対照的に、まるでいつもと変わらぬ様子で下品な高笑いを上げるサルヴィオ。

そんな彼を見て、コレットも少し緊張が解《ほぐ》れる。

「サルヴィオの兄貴は、ホントいつも通りっスね……。不死身のドラゴンとか、怖くないんスか？」

「ちっとも怖くねぇなぁ。なんせ俺様はSランク冒険者だからよ。むしろ、あっちが俺様に恐れおののいちまうんじゃねぇの？」

「プッ、なんスかそれ、あり得ないっスよ」

クスッと笑うコレットに「あ、テメエ笑うんじゃねぇよ！」と怒るサルヴィオ。

けれどすぐに肩をすくめ、

「まあ、ヴィリーネたちがいりゃあ楽勝だろうよ。なんたってアイツらは、たった3人でアクア・ヒュドラを倒しちまったくらいなんだからな。どうせ今回だって上手《うま》く――」

やってくれるだろうさ、とサルヴィオが言おうとした刹那――


『ォォォォォゴオオオオオオオオッ!!!』


――この世のモノとは思えない、地の底から響くような雄叫びが平原に木霊した。

「……おいでなすったなぁ。汚《きたね》ぇ鳴き声してやがるぜ」

サルヴィオの口元は歪《いびつ》に、品なく笑う。

そして彼ら冒険者たちは――森の木々を薙《な》ぎ倒し、飛び出してくるモンスターの姿をハッキリと目撃した。

『オォォゴゴゴオオオオオッ！』

何十メートルにもなる巨体と、骨だけになってしまった醜いドラゴン。

それが地を這《は》い、猛スピードで迫り来る。

その異様さは、待ち構える数多《あまた》の冒険者を絶句させるに十分だった。

「な……アレが不死身の太古の竜《エンシエント・ドラゴン》!?　どうしてあんな姿になっても動けるんだ!?」

「見た目に惑わされないで！」

恐怖する冒険者たちを、マイカが一喝する。

「予定通り迎撃の準備よ！　トラップを設置した魔術師はタイミングを合わせて！　――今よ！」

骨のドラゴン《エンシエント・ドラゴンゾンビ》が、ある地点を通過しようとした瞬間――地面に設置されていた炎の魔術トラップが発動し、同時に爆薬に引火して極大の火柱が上がった。

その破壊力は凄《すさ》まじく、並の大型モンスターなら跡形もなく消し飛んでいるだろうが――

―

『オォォゴオオオッ！』

骨のドラゴン《エンシエント・ドラゴンゾンビ》は怯《ひる》む様子すらなく、突撃を続ける。

「クッ、本当に不死身だっていうの……!?　次よ！　皆一斉に撃って！」

その掛け声で、準備していた弓使いと魔術師が攻撃を開始。

無数の弓矢、そしてあらゆる属性の攻撃魔術が骨のドラゴン《エンシエント・ドラゴンゾンビ》に直撃していくも、効いている気配はまるでない。

そんな骨のドラゴン《エンシエント・ドラゴンゾンビ》に、流石のライドウも歯軋《はぎし》りする。

「クソッタレ！　やっぱそう簡単にはやられてくれねぇか！　よし、ヴィリーネの嬢ちゃん、出番だぜ！」

ならば切り札を投入するまで——ライドウはそう思って、待機していたヴィリーネを見やる。

だが——

「あ……あぁ……っ」

ヴィリーネは顔面蒼白《そうはく》になり、震えていた。

彼女の持つ剣が、カタカタと音を立てる。

「オ、オイ嬢ちゃん……!?　どうしたんだ！　やっぱりアイツの姿が——！」

「ちっ、違います！　違うんです！」

彼女は叫ぶ。

だが、震えが収まりそうにない。

なぜなら——


「み……視えない……視えないんです……！　あのドラゴンには——弱点がないんですよッ！」

◇　◇　◇

——夜の内に『ナーシセス』を出発して、既に数時間。

地平線の向こうに見える太陽は顔を出しかけており、朝が目前に迫っていた。

そんな中——俺は必死になって〝長い箒《ほうき》〟にしがみついている。

何故、箒にしがみついているのか？

答えは単純、その箒が空を飛んでいるから。

それも、もの凄《すご》い速度で。

「大丈夫ぅ、アイゼンちゃん？　少し速度を落としましょうかぁ？」

「いえ！　このままでお願いします！　一刻も早く『デイトナ』に着かないとッ！」

箒を魔術で操作しているのはメラースさん。

彼女は涼し気な顔で箒に座り、全速力でかっ飛ばしてくれている。

『デイトナ』に太古の竜《エンシエント・ドラゴン》と思《おぼ》しきモンスターが迫っている――

その報告を受けた彼女は双子の受付嬢に最低限の指示を出し、大急ぎで俺を送ってくれることになったのだ。

彼女1人なら転送魔術で瞬時に移動できるらしいが、俺も込みだとこの移動方法が最も速いらしい。

「もう少しの辛抱よぉ、そろそろ『デイトナ』が見えてくるはずだから」

「お願いします、少しでも速く――！　今頃、皆どうなっているのか……っ」

俺は不安で仕方なかった。

『デイトナ』にはヴィリーネもマイカも、それにコレットを訓練中のサルヴィオもいる。

それに屈強な『アバロン』の冒険者たちだっているんだ。

如何《いか》に相手が太古の竜《エンシエント・ドラゴン》だったとしても、簡単に街が陥落するなど考え難《にく》い。

けれど――何故だろう、胸騒ぎが止まらないのだ。

嫌な予感がするのだ。

「――！　待って、街の方から煙が上がって――っ」

メラースさんが叫ぶ。

それに釣られて俺も前方を見ると、確かに街の方向から黒煙が立ち上っているのが確認できた。

──『デイトナ』の街が、徐々にその全貌《ぜんぼう》を露《あら》わにする。

「そ──そん、な──」

燃えている。

街が、『デイトナ』の街が炎に包まれている。

そして街の中央には──

『オォォォォゴオオオオオオオオオオッ!!!』

醜い、骨のドラゴン《エンシエント・ドラゴンゾンビ》が鎮座していた。

同時に、その巨大モンスターを取り囲んで戦いを続けている冒険者たち。

その中にはヴィリーネやマイカ、さらには得物の大太刀を持って戦いに加わるライドウさんの姿まであった。

「ヴィリーネ先輩！　これ以上コイツを暴れさせちゃダメ！　ここで足止めしないと……

っ！」

「わかっています……！　皆さん、攻撃の手を緩めないでくださいッ！」

「聞いたか野郎共！　嬢ちゃんたちばっかりに無理させんじゃねぇぞ！　男を見せろォッ！」

ヴィリーネもマイカもライドウさんも既にボロボロで、今に至るまで必死に戦い続けてきたであろうことがすぐにわかる。

彼女たち以外の冒険者もほとんどが満身創痍《まんしんそうい》で、無傷な者の方が少ないくらいだ。

本来は一線から身を引いているライドウさんまで戦っているなんて、この瞬間に至るまでどれだけ逼迫《ひっぱく》した戦いが繰り広げられたのか――

そんな包囲に対して骨のドラゴン《エンシエント・ドラゴンゾンビ》も暴れ狂い、その巨大な腕で周囲の家屋を破壊していく。

「ヴィリーネ！　マイカ！」

「アレが太古の竜《エンシエント・ドラゴン》……なんておぞましい姿なのかしら……！　アイゼンちゃん、少し掴《つか》まってなさいな――！」

メラースさんは箒を急降下させ、骨のドラゴン《エンシエント・ドラゴンゾンビ》の頭上を捉《とら》える。

そして魔術を発動し――

「闇よ――〈グラビティ・コア〉！」

彼女が唱えるや紫色の巨大な魔術陣が展開し、そのまま骨のドラゴン《エンシエント・ドラゴンゾンビ》を押し潰《つぶ》した。

『オォォゴオオオ……ッ！』

魔術陣に潰されて、奴の動きが鈍る。

流石は〝四大星帝《クアッド・マスターズ》〟の1人に選ばれる魔術師、とてつもなく強力な拘束魔術だ。

「す、凄い……！　あの巨体を簡単に……！」

「いいえ、ダメねぇ。アレじゃ数分と持たないわぁ。厄介な爬《は》虫類《ちゅうるい》だこと」

ため息を漏らすメラースさん。

骨のドラゴン《エンシエント・ドラゴンゾンビ》が止まっている隙に、俺たちはヴィリーネたちの傍へ着地した。

「ヴィリーネ、マイカ、無事か！」

「ア……アイゼン様……よくぞお戻りに……」

「ど、どうにか死ぬ前に、マスターの顔が見られたわね……」

俺の姿を見て安堵《あんど》したのか、崩れるようにその場に座り込む2人。

そんな疲労困憊《こんぱい》な少女たちを、俺はぐっと抱き寄せた。

「よく頑張った……よく頑張ったな……！　遅くなって、本当にすまない……っ」

よく生きていてくれたと感謝し、俺は帰還が遅れてしまったことを心から詫《わ》びる。

「えへへ……アイゼン様に褒められちゃいましたぁ……」

「ちょっと、照れ臭いからよしなさいよね……フフ……」

ヴィリーネとマイカは、ようやく緊張から解放されたように気を緩める。

そんな俺たちの隣では、メラースさんがライドウさんに野次を飛ばしていた。

「ちょっとぉ、あの〝霹靂《へきれき》の大狼《おおかみ》〟がいながらこの有り様はなんなのかしら？　執務ばっかりやってるせいで、腕が鈍《なま》ったんじゃないのぉ？」

「うぐっ、返す言葉もねぇな……。だが言い訳させてもらうなら、かつて太古の竜《エンシエント・ドラゴン》が不死身の生ける災厄って言われてたのは、本当の話だったぜ……」

ライドウさんは、ここに至るまでなにがあったのか大まかに話してくれた。

平原で骨のドラゴン《エンシエント・ドラゴンゾンビ》を迎え撃ち、ヴィリーネを主力とした戦術を組んだこと。

しかし骨のドラゴン《エンシエント・ドラゴンゾンビ》には〝弱点〟が存在せず、彼女の【超第六感】でも倒せないと判明したこと。

すぐに遅滞戦術へと切り替えて応戦したが、結局ヤツを押さえ切ることはできず、街まで攻め込まれてしまったこと――

「街の住人たちには避難してもらってるが、なにせ急だったからな……。逃げ遅れてる奴らもまだいる。コレットの嬢ちゃんやカガリナたちには、そっちの誘導を頼んではいるが……」

「コレットとカガリナが……!?　そうだ、彼女たちは今どこに!?」

「おそらく街の南の方だろう。アイゼン、お前さんも向こうに手を貸してやってほしい。俺たちはできるだけ時間を稼ぐからよ」

「じ、時間を稼ぐって……！　あのドラゴンは不死身なんでしょ!?　倒し方もわからないんじゃ――――！」

「無駄死にするだけよねぇ。……ねぇアイゼンちゃん、なにか良いアイデアはなぁい？」

とても悪戯《いたずら》っぽく、メラースさんが俺に尋ねてくる。

「アイデアって言われても……！　不死身のドラゴンを倒す方法なんて、簡単に思い付くワケないでしょう!?　こんな時に冗談はやめてください！」

「ふぅん？　本当の本当にぃ？　本当に――なにか思い当たるフシはないかしらぁ？」

――とても意味有り気に、メラースさんが言う。

そこまで言われて、俺の頭は言葉の意図を読み取ろうと思考を始める。

すると――俺の中に、1人の少女の姿が思い浮かんだ。

「言ってごらん？　もしかしたら、アタシと同じことを思ったかもね？」

「…………いえ、で、でもこれはアイデアっていうより、ただの都合のいい願望っていうか……！」

「でも、その願望を叶《かな》えられる可能性を持つ子が、たった1人だけいるわよねぇ？　正真正銘の無能でなんの才能もない人間なのか、あるいは――とてつもなく膨大な経験値が必要なほど強力な〝隠しスキル〟が眠っているかもしれない、そんな可能性を持つ〝追放者〟が」

　この人は、本気で言ってるのか。


　コレットが、あの子が〝隠しスキル〟を覚醒《かくせい》させれば、不死身のドラゴンを倒せるかもしれないと――


「【鑑定眼】はまだ彼女の覚醒した〝隠しスキル〟を見ていないんでしょう？　それに確か特訓で経験値を溜《た》めていたなら、自覚できていないだけで覚醒している可能性も0じゃない。それって、0.1％でも倒せる可能性があるってことじゃないかしら？」

「0.1％って……それ、可能性っていうんですか……!?」

「待ちな、アイゼン。オレはその賭《か》けに乗ったぜ」

　驚くことに、ライドウさんがメラースさんの話に乗ってくる。

「その〝隠しスキル〟を持たない嬢ちゃんも、お前さんが縁を見出《みいだ》した追放者の1人なんだろ？　なら十分だぜ、そいつはジェラーク総代のお墨付きってことだからな」

「ジェラーク総代の……？」

「ああ、あのタヌキじじいが言ってたんだよ。自分の勘が正しければ、お前の下にはとびきりの逸材が集まるだろうってな。悔しいが、あの人が言う〝勘〟は外れたことがねぇ。だったらお前さんの目が〝可能性を視る可能性〟ってヤツぁ、十分賭けるに足る」

　その言葉を聞いた時、俺はハッとジェラーク総代との会話を思い出す。


　――〝目で見えるモノが全てとは限らない〟〝されど可能性が視えるのは眼《まなこ》のみ〟


　まさか彼は――俺がいつか、こんな局面に遭遇すると見越して――？

「アイゼン様……」

　不安気に、ヴィリーネが俺の顔を覗《のぞ》き込む。

　不死身のドラゴンはヴィリーネの【超第六感】でも倒せなかった。

　そんな正真正銘の化け物を倒せる〝隠しスキル〟なんて、想像もつかない。

『オォゴオオオッ！』

だがこうして悩んでいる間にも、骨のドラゴン《エンシエント・ドラゴンゾンビ》は拘束魔術を破ろうと雄叫《おたけ》びを上げる。

もはや一刻の猶予もなく、他に奴を倒すアイデアがあるワケでもない。

俺たちにはもう――その0.1％の可能性に賭ける以外の選択肢はないようだ。

だったら――俺のやるべきことは、団員を信じてみるだけだろう。

「…………わかりました。俺はコレットを捜しに行きます。その間、可能な限り時間を稼いでください。お2人ともご武運を」

「おう、任せろや。たまにはオヤジがかっこつけるところも見せねぇとな」

「ここには〝四大星帝《クアッド・マスターズ》〟が2人もいるんだし、あんまりみっともない戦いはできないものねぇ。ジェラークおじ様に顔向けできるくらいには暴れてあげるわぁ」

笑って答えてくれるライドウさんとメラースさん。

俺はヴィリーネとマイカからも離れ、

「2人も、もう少しだけ堪《こら》えてくれ。頼む」

「勿論《もちろん》です！　このヴィリーネ・アプリリア、アイゼン様のためなら力の限り戦えます！」

「もう魔力もカツカツなんだけど、しょうがないわね。マスターの頼みだもの」

ヴィリーネとマイカも、気合いを入れ直すように武器を構え直す。

彼女たちの勇ましい答えを聞いた俺は——名残惜しさを振り切って、走り出す。

そんな俺の背後では、拘束魔術が砕ける音が木霊《こだま》した。

◇　◇　◇

「皆、こっちっスよ！　早く、急いで！」

『デイトナ』のとある一角。

そこでコレットは街の住民たちを誘導し、安全圏へと避難させていた。

たった今最前線になっている街の中央からは退避が完了しているが、それでも街全体の住民の移動を終えるには至らない。

避難が遅々として進まない理由は、住民に老人や子供が大勢交じっているためだ。

日頃から身体を鍛えている冒険者ならともかく、彼らを素早く移動させるのは困難だった。

それでも筋肉自慢の冒険者たちが人々を背負うなり担ぐなりして、少しでも避難を早めている。

「クソッタレ……！　こんなチンタラしてたら、骨の化け物を押さえてるヴィリーネたちが持たねぇぞ！」

苛立《いらだ》った様子でサルヴィオが叫ぶ。

彼もコレットのお守りを続けつつ、避難民の誘導と護衛に参加していた。

「仕方ないっスよ。身体の不自由な人たちを含めたら、これが精一杯っス。これでもメチャクチャ急いでもらってるんスから」

「そんなのわかってっけどよぉ……！　クソッ、こうなったら俺様が爺婆《じじばば》を一気に１００人くらい担いで……ブツブツ……」

もどかしそうに親指の爪をかじり、事態を憂うサルヴィオ。

すると、そんな２人の下にカガリナが走ってくる。

「コレットちゃん！　サルヴィオさん！　３番地区の避難は終わったわ！　あとはこっちだけよ！」

「ホントっスか！　申し訳ないっス、こっちの方はもう少しかかりそうでスよ……」

「大丈夫、向こうに回ってた冒険者の皆に、こっちを手伝うよう伝えてあるから。……本当に、あの怪物を押さえてくれてるヴィリーネちゃんたちに感謝しないとね……」

そう言って、カガリナは街の中央の方を見る。

今頃、前線はどうなっているのか――

ヴィリーネやマイカは、他の冒険者の皆は無事なのか――

それを知ることもできないコレットやカガリナは、不安で胸がいっぱいだった。

そんな時――

「冒険者様！　ああ、冒険者様！　どうか、どうかお助けを！」

住民の女性が1人、コレットたちの方へと駆け寄ってきた。

彼女は焦り切った顔で息を切らし、コレットにすがりつく。

「ど、どうしたんスか？　そんなに慌てて――」

「娘が！　娘がどこにもいないんです！　一度はぐれたきり、どこを捜しても見つからなくて……！」

「な――なんでスって……!?」

その女性は絶望に打ちひしがれて、涙を流して震える。

「だ、誰か姿を見た人はいないんスか!?　それか、はぐれたならどこに向かったか心当たりは――！」

「だ、誰に聞いても見てないって……それから急いで家を出た時に、お気に入りの人形を置いてきたと言っていて……。も、もしかしたら取りに戻ったのかも……」

「！　家はどこでスか！　急げば、まだ間に合うかも！」

「い、い、家は……1番地区の中に……」

『デイトナ』の1番地区――

あろうことか、それは街の中央に位置する番地であった。

つまり、たった今骨のドラゴン《エンシエント・ドラゴンゾンビ》が暴れている場所のど真ん中である。

『――ォォォゴオオオオオッ！』

コレットが絶句した直後、その1番地区で轟音《ごうおん》と共に巨大な砂煙が立ち上る。

骨のドラゴン《エンシエント・ドラゴンゾンビ》が、どこかの家屋を粉々に破壊したのだろう。

その光景を見た女性はなにを連想したのか、大声で泣き出してその場にくずおれてしまった。

――コレットの目に、強い意志が宿る。

「……娘さんの名前を教えてください。なんていう子でスか？」

「む、娘はサリアと言います……まだ6歳の黒髪の子で……」

「わかりました。待っててください。ウチが行って、必ず娘さんを――！」

「おい、コレット」

刹那《せつな》、サルヴィオが彼女の肩をガシッと掴《つか》んだ。

そして1歩も動かすまいと、腕に力を込める。

「ダメだ、わかるな？」

「ッ！　サルヴィオの兄貴！　行かせてください、お願いしますっ！」

「ダメだ。俺様は許さねぇぞ」

らしくもなく、彼の目は威圧的にコレットを見下ろす。

それがどれだけ冷徹で冷酷かを理解していても、サルヴィオはコレットを行かせるワケにはいかなかった。

「兄貴はそれでいいんスか⁉　兄貴は困ってる人を見捨てるんスか⁉」

「……」

「兄貴……」

コレットだって、心の中ではわかっていた。

自分を心配してくれるからこそ、彼は止めてくれているのだと。

自分を死なせないために、憎まれ役になってくれているのだと。

それがわかるからこそ、コレットは自らの弱さが恨めしかった。

せめて自分に――ヴィリーネやマイカのような力があれば――そう心の底から思った。

コレットはグッと歯を食いしばり、行かせてくれと言ってしまいそうな口を封ずる。

だがそんな彼女の姿を見たサルヴィオは、深くため息を吐いた。

「……仕方のねぇヤロウだ。わかったよ、俺様も一緒に行ってやる！」

「え……？」

「俺様はSランク冒険者だからよ？　ヒーローになるのなんて慣れてんだよなぁ。娘っ子なんざ秒で見つけ出してやるよ、秒で。つーワケでカガリナ嬢や、あとはよろしく頼むぜ」

「え？　ち、ちょっと……！」

　サルヴィオはコレットの肩を放し、街の中央へ向かって高笑いと共に歩き出す。

「おいコレット！　お前はせいぜい、俺様がヒーローになる瞬間をよく見とくんだなぁ、ヒャハハハ！」

「は——はい……！　ありがとうございまス、サルヴィオの兄貴！」

　コレットも急ぎ、サルヴィオの背中に付いていった。

◇　◇　◇

　1番地区——街の中央付近までやって来たコレットとサルヴィオ。

　すぐ近くでは激しい戦闘が繰り広げられており、今尚《なお》ヴィリーネたちが戦線を支えているのがわかる。

「サリアちゃーん！　どこにいるっスかー！　いたら返事してくださーい！」

「うおーい！　とっとと出てこいや、このクソガキー！　テメエのお袋さんが泣いてんぞコラァー！」

大声で名前を呼び、娘を捜す2人。

「どこにいるんでしょうか……？　早く見つけないと……！」

「クソッタレめ、あの骨のドラゴン《エンシエント・ドラゴンゾンビ》がこっちまで来たら、もう捜すのなんて無理だぞ！」

もう戦場は目と鼻の先。

あの巨体が、いつこっちに突っ込んで来てもおかしくない。

一度巻き込まれれば、もう捜索など不可能だ。

手遅れになる前に、一刻も早く見つけなければ——2人がそう思った時、とある民家の扉が少しだけ開く。

「……」

扉の隙間からチラリと見えたのは、人形を抱えた黒髪の少女の姿だった。

「！　サリアちゃん、サリアちゃんっスよね！」

コレットは急ぎ少女《サリア》の下へ駆け寄る。

彼女は恐怖で震えており、手足が言うことを聞いてくれない様子だった。

「ご、ごめんなさい……わたし、こわくて……ママはどこ……？」

「お母さんはもう避難してますよ！　ウチらはキミを助けに来たんでス！　さあ、行きましょう！」

コレットはサリアの頭を撫《な》でると、その小さな身体を抱きかかえる。

そしてそのまま離脱しようとした——その矢先、

「——ッ！　家の中に隠れろ！　早く！」

サルヴィオが叫んだ。

直後、向かい側の家を破壊して骨のドラゴン《エンシエント・ドラゴンゾンビ》の頭が突っ込んでくる。

おそらくヴィリーネたちに吹っ飛ばされたのだろう。

急いで３人は中へ退避するが、勢いを殺し切れなかった骨のドラゴン《エンシエント・ドラゴンゾンビ》はサリアの家の壁すらも破壊し、木の破片や壊れた壁の一部がコレットたちに降りかかる。

「うひゃあッ！」

サリアを守るようにうずくまるコレット。

同時に、巨大な骨の口先がコレットたちへと向く。

『オォォゴオオオ……』

動きこそ一瞬止まったが、どうやら骨のドラゴン《エンシエント・ドラゴンゾンビ》は３人の存在に気付いたようだった。

今にも喰《く》らい付こうと、頭を動かし始める。

「コンの――ッ！　こっち見んじゃねぇよ骨ヤロウが！　喰らえや必殺、〈衝撃・俺様斬り〉ッ！」

サルヴィオは鞘《さや》ごと腰の剣を取ると、棍棒《こんぼう》を扱うように勢いよく振り抜く。

彼が繰り出したのは鋭い斬撃《ざんげき》技ではなく、鈍く重い打撃技。

その一撃の威力は凄《すさ》まじく、骨のドラゴン《エンシエント・ドラゴンゾンビ》の頭は巨体ごと宙にぶっ飛び、そのまま仰向けになって向かい側の方へ倒れ込んだ。

「ヒャハハハァ！　見ぃたかぁ、この俺様の力ァ！　これが特訓の成果だぜぇッ！」

「す、凄《すご》い……！　流石っス、サルヴィオの兄貴！」

「ぃよし、俺様はこのままアイツの注意を逸《そ》らす。テメエらは隙を見て、避難場所まで走れ」

「え？　で、でもそれじゃ――！」

「バッカお前、こういう時は攻めに出た方がいい結果になンだよ！　今の一撃は合図にはなったろうが、ヴィリーネたちはこっちの居場所までは把握してねぇはずだ。だったら俺様が動いた方が間違いない。だろォ？」

――いつものように、下品な笑みを見せるサルヴィオ。

そんな普段通りの彼を見て、コレットは任せることに決めた。

「……わかりました、頼みますよ兄貴。でも絶対に……死んだりしちゃイヤですからね！」

「あぁ？　誰に対して言ってんだお前。俺様は最強のSランク冒険者、サルヴィオ様だぞ？　最強で無敵のヒーローが死ぬワケねぇだろうが。そんなくだらねぇこと考えるより、テメエは自分の心配でもするんだなぁ、ヒャハハ！」

そう言い残し、サルヴィオは飛び出して行く。

残されたコレットは、見えなくなるその瞬間までサルヴィオの背中を目で追った。

「兄貴……」


――陽動のために飛び出したサルヴィオは大きく跳躍し、家屋の屋根の上に飛び乗った。

さっき吹っ飛ばした骨のドラゴン《エンシエント・ドラゴンゾンビ》も再び起き上がり、動き出す。

遠からずヴィリーネやマイカも到着し、すぐに戦いに加わってくれるだろう。

それまで存分に暴れて、注意を引けばいい。

「ヒャハハ……さぁて、十二分に俺様の力を見せつけてやるかぁ。見てろよクソドラゴン、Sランク冒険者の恐ろしさ、たっぷりと味わわせて――」

サルヴィオは自らを鼓舞するように笑い、今度こそ鞘から剣を抜き取ろうとする。

すると、ふと背後に人の気配を感じ取った。

彼はすぐに気付く、これは同じ冒険者だと。

「あん？　なんだ、同業者か？　お前も加勢に――」

来てくれたのか、と振り向きざまに言おうとした刹那――刃《やいば》の一閃《いっせん》が彼を襲った。

「え……？」

サルヴィオの身体から、鮮血が飛び散る。

その一太刀は、鎧《よろい》ごと彼を斬り捨てたのだ。

「……」

「て、テメエ……よくも――」

サルヴィオは反撃の暇もなく、屋根の上から転落する。

そんな彼を狂気に呑《の》まれた瞳《ひとみ》で見下ろす、赤茶色の髪を持つ端整な顔の男――

サルヴィオを斬り捨てたのは『アイギス』のパーティリーダー、クレイだった。

◇　◇　◇

「邪魔だ、痴《し》れ者めが」

サルヴィオを斬って捨てたクレイは冷酷に言い捨て、骨のドラゴン《エンシエント・ドラゴンゾンビ》を見据える。

その瞳は既に、正気を失っていた。

「また会ったな、太古の怪物よ。期待通り、随分と暴れてくれたものだ」

『オォォォォゴオオオオオオオッ!!!』

空に向かって咆哮《ほうこう》を奏でる骨のドラゴン《エンシエント・ドラゴンゾンビ》。

そんな骨のドラゴン《エンシエント・ドラゴンゾンビ》の傍に、ようやくヴィリーネやマイカが到着した。

彼女たちの目にも、クレイの姿が映る。

彼の姿を見て、誰よりも驚いたのはマイカだった。

「クレイ……!? アンタ、どうしてここに……!」

「フン、貴様らはまだ生きているのだな。残念だ、惨《みじ》めに潰《つぶ》されていることを期待していたのに」

チッと舌打ちするクレイ。

彼は剣の切っ先を掲げ、

「だが丁度いい。お前たち『追放者ギルド』の目の前で、俺がこの骨のドラゴン《エンシエント・ドラゴンゾンビ》を葬ってやる。そうすれば、俺はまた世界から認められる……栄光を取り戻せるんだ……ク、ククク……!」

クレイは構えた剣を、骨のドラゴン《エンシエント・ドラゴンゾンビ》へと向ける。

「古《いにしえ》の竜よ！　かつて神と呼ばれた厄災よ！　貴様の不死は、この俺が終わらせてみせよう！　〝勇者〟となる者の一撃――――受けるがいい！」

大きく剣を振り被り、骨のドラゴン《エンシエント・ドラゴンゾンビ》に向かって跳躍する。

「ハアアアアアアアアアッ！」

そして――骨のドラゴン《エンシエント・ドラゴンゾンビ》の頭蓋骨《ずがいこつ》に向かって、刃を突き立てた。

『ォォォゴオオオオオ！』

「どうだ！　竜殺しの力を持つ者に脳天を貫かれる感覚は！　これで貴様は死ぬのだろう、醜い化け物め！」

勝利を宣言するかの如く、クレイは高らかに叫ぶ。

――そう、これこそヒルダがクレイに教えた骨のドラゴン《エンシエント・ドラゴンゾンビ》の殺し方だった。

竜を殺した過去を持つ〝ドラゴンスレイヤー〟、その称号を冠する者だけが太古の竜《エンシエント・ドラゴン》の魂に死を与えられるであろう。

そう教えられて、クレイは言われた通りに骨のドラゴン《エンシエント・ドラゴンゾンビ》の頭に自ら刃を突き立てたのだ。

しかし――――

『オォォゴオオオオッ！』

「な——⁉　うわあッ！」

骨のドラゴン《エンシエント・ドラゴンゾンビ》は暴れ狂い、頭に乗っていたクレイを振るい落とす。

地面に叩《たた》きつけられるクレイ。

そんな彼へ、骨のドラゴン《エンシエント・ドラゴンゾンビ》が徐々に迫り来る。

「ひ……っ⁉　ど、どういうことだ⁉　ヒルダの話と違う！」

クレイは錯乱し、怯《おび》え竦《すく》む。

そんな彼の耳に、女性の声が届いた、

『——クレイ、聞こえるかしらぁ？』

「ヒルダ……⁉　この声はヒルダなのか！　どこにいる⁉」

『捜しても無駄よぉ、この声は魔術で思念を飛ばしているだけだからぁ。それよりも残念だったわねぇ、骨のドラゴン《エンシエント・ドラゴンゾンビ》を殺せなくて』

「どういうことだ！　お前の話では、竜殺しならアイツを殺せるはずだろう⁉」

『ああ、嘘よそれ。まあ本当に殺せたなら、それはそれで面白かったんだけど。でもあなたのお陰で、私の仮説が証明できたんだもの。感謝しなくちゃね』

「か、仮説……だと……？　ヒルダよ、なにを言って……」

『難しく考えることないのよ。あなたに骨のドラゴン《エンシエント・ドラゴンゾンビ》を殺す資格はなかった、いいえ、そもそも骨のドラゴン《エンシエント・ドラゴンゾンビ》を殺すことなんてできなかった。ただそれだけよぉ』

クレイは絶句し、頭が真っ白になる。

そして、ようやく気が付いた。

自分は——最初から最後まで、利用されていただけなのだと。

『これからそのドラゴンは街という街を蹂躙《じゅうりん》し、何千何万という人々を虐殺するでしょうね。もしも後世なんてものがあれば、あなたはそんな悪魔を解き放った大罪人として歴史に名を残せるかも。でも大丈夫よ、クレイ。あなたの骸《むくろ》だけは、ずっと私が愛してあげるわぁ♪』

「ヒルダ————ヒルダああああああああああッ!!!」

クレイの怒りと怨嗟《えんさ》の叫びが、『デイトナ』の街に木霊《こだま》する。

——骨のドラゴン《エンシエント・ドラゴンゾンビ》の前足が、クレイを捉《とら》える。

その前足は無情にも振り下ろされ————１人のＳランク冒険者の生涯が、幕を閉じた。

そんな彼の姿を目の当たりにしたマイカは絶句し、

「クレイ……っ！　こ、攻撃を再開して！　アイツの動きを止めるの！」

「は、はい！」

ハッと我に返ったヴィリーネたちと共に、再び攻撃を再開する。

しかし、

「！　きゃあッ！」

攻撃の寸前、一瞬の隙を突かれたヴィリーネは骨の尻尾《しっぽ》に弾《はじ》き飛ばされてしまう。

3回だけ物理攻撃から彼女を護《まも》るマイカの【巫《かんなぎ》の祝福】も、既に使い果たしてしまっていた。

「ヴィリーネ先ぱ――！　うわッ！」

マイカも足場の家屋を崩されて、瓦礫《がれき》の中へ沈む。

ヴィリーネとマイカの脱落という状況に冒険者たちは遂《つい》に戦線を維持できなくなり、ライドウやメラースも次々と骨のドラゴン《エンシエント・ドラゴンゾンビ》の攻撃に沈んでいく。

『ォォォォォゴオオオオオオオオオッ!!!』

絶望という名の咆哮が響き渡る。

もはや、太古の怪物を止められる者は残ってはいない。

だが――そんな中で、1つの人影がゆらりと立ち上がった。

「…………ヒャハハ……！」

◇　◇　◇

「……な、なんか外の様子がおかしいっス……サルヴィオの兄貴は無事なんでしょうか……？」

震えるサリアを抱きしめるコレットは、壊された壁から外を覗《のぞ》き見る。

——サルヴィオが陽動すると出て行ってから、どうにも様子が変だ。

ついさっきまで戦闘音が響き渡っていたのだが、急に静かになってしまった。

骨のドラゴン《エンシエント・ドラゴンゾンビ》が離れていった、という感じでもないし……

それに、男の叫び声が聞こえたような……？

コレットは不安で仕方なかった。

なんだか妙な胸騒ぎがするが、彼は隙を見て逃げろと言っていた。

サルヴィオの兄貴が上手《うま》くやってくれたのだろうか？

今がその隙——なのか？

「おねえちゃん……こわいよぉ……」

「大丈夫っスよ……ウチが付いてますから。——そうでスよ、きっと兄貴がなんとかしてくれたんでス。だって、兄貴がやられるなんて想像もできないっスもん……」

そうだ、あの人を信じるんだ。

今、動くべきなんだ。

コレットは決断し、ハルバードを握り締める。

「行きましょう、サリアちゃん。お母さんの下へ向かうんでス」

「うん……」

サリアの手を引き、家を出るコレット。

2人が外へ出ると、そこは不気味なほどの静寂に包まれていた。

少なくとも戦闘が行われている気配はない。

立ち並ぶ建物が視線を遮り、骨のドラゴン《エンシエント・ドラゴンゾンビ》の姿も確認できない。

あまりの気味の悪さにコレットは足がすくみそうになるが、それでも自らを奮い立たせる。

「さあ、こっちでスよサリアちゃん！　急いで避難場所へ――――！」

2人が走り出そうとした――――まさにその矢先、

『オオオゴオオオオオッ！』

突如轟音《ごうおん》が木霊し、建物の陰から巨体が跳躍する。

そして――骨のドラゴン《エンシエント・ドラゴンゾンビ》が、2人の前に着地した。

舞い上がる砂煙。

その中で骨のドラゴン《エンシエント・ドラゴンゾンビ》はゆっくりと頭を上げ、瞳《ひとみ》のない眼孔でコレットたちを捉えた。

『オォゴオオオ……』

「あ……あ……！」

行く手を遮られるコレット。

恐怖で身体が強張《こわば》り、激しく呼吸が乱れる。

――彼女は全て悟った。

ヴィリーネ、マイカ、他の皆、そしてサルヴィオ――

彼らは、敗れたのだと。

ただ悪夢だけが残ったのだと。

もはや為《な》す術《すべ》なし。

雌雄は決した。

だが――それがわかっても尚《なお》、コレットはハルバードを構える。

「……サリアちゃん、逃げてください。全力で走るんでス。絶対に振り返っちゃダメでスよ」

「お、おねえちゃん……!?」

「ウチは大丈夫でスから。だから——走って。……走れッ！」

コレットは叫ぶ。

その言葉を受けたサリアは、自分で自分を引き剝《は》がすようにコレットから手を離し、彼女に背を向けて走り出した。

「あの子には……あの子には、指一本触れさせません！　このコレット・ハスクバーナが、お前の相手だッ！」

姿勢を低くし、ハルバードを構えるコレット。

ヴィリーネやマイカ、そして数多《あまた》の冒険者たちが束になっても勝てなかった不死身の竜。

そんな怪物にコレット１人で勝てるワケがない。

ハルバードを握る両手も、地面を踏み締める両足も震えが止まらない。

だが——それでも彼女は逃げ出さなかった。

それでも、彼女は諦《あきら》めなかった。

「サルヴィオの兄貴……大事なのは、最期まで冒険者でいたいって気持ちを消さないこと……そうでスよね」

コレットは、サルヴィオからしっかりと受け継いでいた。

冒険者が冒険者として持つべき〝誇り〟を。

だからこそどれだけ怖くても、それが無謀だとしても、彼女は逃げることなどできなかった。

それが、コレットにとって〝冒険者として生きる〟ということであったから。

『オオォォゴオオオオオオオッ!!!』

骨のドラゴン《エンシエント・ドラゴンゾンビ》が、コレットへ襲い来る。

だがコレットは巨体から繰り出される攻撃を回避し、受け流し、隙を見て少しでも反撃を行う。

総じて守勢に回っているが、彼女の目と反射は辛うじて骨のドラゴン《エンシエント・ドラゴンゾンビ》の攻撃に追従できていた。

──紛れもなく、それはサルヴィオとの猛特訓が生んだ努力の結晶だった。

かつてのパーティから追い出された時と比較すれば、飛躍的に戦闘力とステータスが向上していたのである。

──イケる。余裕なんて全然ないけど、サリアちゃんを逃がすくらいの時間稼ぎはできる！

「ハアアアッ！」

コレットは強くなった自らに手応《てごた》えを感じつつ、攻勢へと転じようとした──その刹那《せつな》、

『オォゴオオ！』

「！　しま――ッ！」

攻撃の瞬間とは、同時に最大の隙にもなる。

その一瞬を突かれたコレットは骨の前足に薙《な》ぎ払われ、致命の一撃《クリティカル》を受けて吹っ飛ばされた。

家屋の壁にぶち当たり、積まれた煉瓦《れんが》へ身体を叩《たた》きつける。

その衝撃は凄《すさ》まじく、たった一撃で彼女を行動不能に陥らせるほどだ。

「ぐ……あ……かは……っ」

意識を失わないのが悪魔の悪戯《いたずら》とすら思える大ダメージ。

コレットはそれでも必死で起き上がろうとするが、全身に力を入れることすらままならず、血反吐《ちへど》すら吐く有り様。

とても、戦いなど続けられそうにない。

『オォゴオオ……』

骨のドラゴン《エンシエント・ドラゴンゾンビ》が徐々に近づいてくる。

ここまで――なのか――

遂に、コレットの心は諦めを迎えそうになった。

「………サルヴィオの兄貴……ウチは……ウチは……」

やっぱり――ダメだったんですかね――

朦朧《もうろう》とする意識と霞《かす》む視界の中で、コレットはそんなことを思う。

――その時、

「――ヒャハハ……俺様を呼んだかよ、コレット」


彼女の前に立つ、1人の冒険者の姿があった。

「……え？」

「なっさけねぇ姿しやがって。お前はこんなトコでくたばるタマじゃねぇだろうが、ああ？」

見紛《みまが》うはずもない。

倒れる彼女の前に立つ冒険者、それは他ならぬサルヴィオその人であった。

「あ、兄貴……サルヴィオの兄貴……！」

「言ったろうが、最強で無敵のヒーローの俺様が死ぬワケねぇってよぉ。ヒャハハ……」

まるでいつものように、下品な高笑いを上げるサルヴィオ。

だが――コレットは見逃さなかった。

彼の足元に滴る、真っ赤な血を。

「！　兄貴、血が……！」

「血だぁ？　なに言ってるかわかんねぇなぁ。俺様は絶好調だし、最っ高の気分だぜ！　こ、こんなのはかすり傷の内にも入んねぇよ！」

それは、明らかな嘘。

クレイから受けた斬撃《ざんげき》によりサルヴィオは立っているのもやっとで、そのダメージは確実に彼を蝕《むしば》んでいた。

だがそれでも、彼は剣を握る。

「いいかぁ、コレットォ！　俺様はお前を諦めねぇ！　だからお前も、俺様の背中をよく見とけ！　それが、お前がお前を信じるってことになる！」

サルヴィオは力の限り叫び、剣を構える。

そして彼らしい下品な笑みを浮かべながら、骨のドラゴン《エンシエント・ドラゴンゾンビ》を睨《にら》みつけた。

そんなサルヴィオと相対した骨のドラゴン《エンシエント・ドラゴンゾンビ》は何を感じ取ったのか、初めて1歩後ずさる。

『オ……ゴオオオ……ッ』

「ヒャハハハァ！　俺様が恐ろしいか、クソドラゴン！　あぁ、地獄が見えるぜ！　待たせたなぁ『銀狼団』！　コイツと一緒に――今そっちに行ってやらぁッ!!!」

骨のドラゴン《エンシエント・ドラゴンゾンビ》はまるで恐怖を振り払うように、大きな前足を振り被る。

サルヴィオもそれに合わせて全力で剣を振り下ろし――

――その身体は竜の腕に弾《はじ》き飛ばされ、空へと舞った。

◇◇◇

その頃、場面変わって――とある遺体の傍に佇《たたず》む、死霊使い《ネクロマンサー》と重装士《タンク》の姿があった。

「クレイ……あなたは〝勇者〟になれなかったのねぇ……可哀想な人……」

無惨にも潰《つぶ》され、狂気の内に命を落としたクレイ。

そんな彼を見つめるヒルダと、不死者《アンデッド》となったサイラス。

ヒルダはしゃがみ込み、絶望の表情のまま息絶えるクレイの頭を、自らの膝《ひざ》の上に乗せる。

そして、そっと彼の顔を撫《な》でた。

「フフフ……でも大丈夫よぉ……私がずっと一緒にいてあげる……だから、寂しくないでしょう？」

その直後、潰されたクレイの全身が黒い影に包まれる。

その影はしばらく蠢《うごめ》くと――彼の身体を覆う漆黒の鎧《よろい》へ形を変えた。

『――』

ゆっくりと、クレイは起き上がる。

そして生気を失った目を隠すように、彼の頭も黒い兜《かぶと》に覆われた。

その立ち姿は、丁度重装士《タンク》であるサイラスと対になるような風貌《ふうぼう》だ。

「これで、ドラゴンスレイヤーの不死者《アンデッド》も手に入れた……。あとはあの子《エンシェント・ドラゴンゾンビ》の好きなようにさせて、しばらく身を潜めるとしましょうか」

ヒルダはそう言って、場を立ち去ろうとしたのだが、

「……そうはさせません」

少女の声がヒルダを呼び止める。

――ヴィリーネだ。

戦いの後でボロボロになり、息も絶え絶えになりながら、彼女の手にはまだしっかりと剣が握られている。

「……あらぁ、可愛らしい冒険者だこと。確か『追放者ギルド』の団員さんだったかしら

あ？　私になにかご用？」

「あなたなんですね……？　あの怪物を世に解き放ち、『デイトナ』の街を襲わせたのは……！　あなたを捕まえて、怪物を止めてもらいます！」

「フフフ、嫌よそんなの。悪いけど、あなたを構ってあげるつもりはないの」

「逃がさないわよ、このアバズレ」

今度は、ヒルダの背後にマイカが現れる。

これでヒルダは挟み込まれる形となり、逃げ場を失った。

「あらあら、私ってばモテモテねぇ。嬉《うれ》しくなっちゃう」

「どうして……どうしてこんなことをしたんですか……!?　大勢の犠牲者を出して……あなたの目的は、一体なんなんです!?」

怒りに震えるヴィリーネが問う。

対するヒルダはおちょくるような素振りで、

「目的？　いやだわぁ、死霊使い《ネクロマンサー》がゾンビ化した太古の竜《エンシエント・ドラゴン》に興味を持つのに、理由なんているかしら？　あえて言うなら知的好奇心？　それとも刺激を求めて？　ああそうだわ、死霊使い《ネクロマンサー》らしく死体を量産するためって言えば、納得してもらえる？」

「あな……た……自分がなにを言ってるのか、わかって――？」

ヴィリーネは言葉を失う。

ヒルダの態度はヴィリーネが想像していたのとは全く異なり、まるで無邪気な少女のような口調だった。

「魔術師が魔術の研究を続けるように、死霊使い《ネクロマンサー》も死霊術と死体の研究を続けるモノなの。そこに理由なんてない。あるのはただ探究心だけ。もしかして、なにか主義主張や大義名分があるとでも思った？」

ヒルダの口元は不気味な笑みを浮かべるが、その瞳《ひとみ》は冷たく、見下すようにヴィリーネを見つめる。

「あるワケないじゃない、そんなくだらないモノ♪　理想とか信念なんて、な〜んにもないの。あなたたち『追放者ギルド』みたいに、自分の行為を正当化してどこかの誰かを救うんだ〜なんて、おバカさんのすることだわ。追放者の救済？　追放者の立場を変える？　それって意味あるの？　結局他人は他人で、自分は自分でしかないのに。そんなに孤独になるのが怖い？」

「ヒルダ……アンタ、それ以上言ったら……ッ！」

マイカが憤りを隠そうともせず、激しく睨む。

だがヒルダは最高に小馬鹿にした顔で、

「バッッッカみたい。別にどうでもいいじゃない、自分の快楽のためなら他人がどうなろうと。どうせ最後には、みぃんなこうして死体になっちゃうんだから」

恍惚《こうこつ》とした表情で、不死者《アンデッド》となったクレイの頬を撫でるヒルダ。

その様子を見たヴィリーネは──

「……なんて憐れな」

「え？」

「なんて憐れで、悲しい人……。きっと、これまで誰も理解してくれる人がいなかったんですね……。あなたは、とても可哀想な人です。私は──あなたに同情します」

物悲しい表情で、憐憫《れんびん》の眼差《まなざ》しで、彼女はヒルダを見る。

そんなヴィリーネの態度を見せられたヒルダは、初めて目を見開いて笑みを引き攣《つ》らせる。

「同情──ですって……？　私に──私を────そんな目で見るなァッ!!!」

ヴィリーネの放った一言は、ヒルダの逆鱗《げきりん》に触れた。

彼女の怒号と共に、不死者《アンデッド》と化したクレイとサイラスが動く。

クレイはヴィリーネに、サイラスはマイカへ襲い掛かる。

その動きは猛々《たけだけ》しくも俊敏。

かつて名うてのSランク冒険者だった2人の肉体は、死してなお戦闘力の低下なし。

『――――！』

クレイの剣がヴィリーネを捉《とら》え、流れるように1撃。

続けざまに2撃、3撃と剣が振るわれるが、ヴィリーネは軽やかな身のこなしでそれらを回避。

時には身を翻し、細剣《レイピア》で僅《わず》かに軌道を逸《そ》らす。

骨のドラゴン《エンシエント・ドラゴンゾンビ》との戦いで満身創痍《まんしんそうい》なはずなのに、それでもクレイの剣筋はヴィリーネを斬り裂くことができない。

「!?　なにしてるのクレイ！　早くその女を殺しなさい！」

「無駄です。いくら生前が優れた冒険者だったとしても、不死者《アンデッド》として操られた身体では複雑な動作まで再現できない。所詮《しょせん》、操作しているあなたは剣士ではありませんから」

そう言ってヴィリーネは一瞬の隙を突き、クレイの懐に入り込む。

「……ごめんなさいっ」

――細剣《レイピア》が、クレイの身体を貫く。

ヴィリーネにだけ視える弱点を貫かれたクレイは動きを止め――徐々に全身が崩れ始める。

そして瞬く間に、塵《ちり》となって消滅した。

「やるじゃない、ヴィリーネ先輩！　アタシも負けてらんないわね！」

後れは取るまいと、マイカも動く。

巨大な盾で叩《たた》き潰そうとしてくるサイラスの攻撃を回避し、距離を離すと――

「漆黒の闇を払いし聖なる雷鳴よ――〈フォトン・サンダーボルト〉！」

詠唱し、空へ向かって杖《つえ》を掲げる。

その刹那《せつな》、サイラスの頭上に眩《まばゆ》い光が現れ、極光の如き雷撃が降り注いだ。

強力無比な一撃を受けたサイラスは青白い炎に包まれ、クレイと同様に塵となっていった。

「対不死者《アンデッド》用の光属性魔術――⁉　バカな、お前にそんな高等魔術を使えるほどの魔力量はないはず――ッ！」

「ええ、【巫《かんなぎ》の祝福】を発動していればね。でも逆を言えば、〝隠しスキル〟を使ってない今はそれ相応の魔力量があるってこと！」

マイカの【巫《かんなぎ》の祝福】は、確かに使用者の魔力量上限値を大幅に低下させてしまう。

だがそれはあくまで〝発動している間〟のことに過ぎず、意図して封じれば上限値は元に戻るのである。

そしてマイカ自身は、かつてSランク冒険者として『アイギス』にも籍を置いた身。

つまり元来の魔力量なら、Sランク冒険者並みということなのだ。

「そんな……そんなバカな……っ！」

「さあ、次はあなたの番です！　もう大人しく――！」

ヴィリーネがヒルダを捉え、攻撃を行おうとするも――彼女の足元から湧き出た毒の瘴気《しょうき》が接近を許さない。

ヒルダは地面を蹴《け》り付けて跳躍し、ヴィリーネたちから距離を取ると、

「……魂を縛りし混沌《こんとん》の闇よ――〈リヴァイヴ・リビングデッド〉」

詠唱する。

直後、彼女の足元に瘴気が広がり、その中から倒したはずのクレイとサイラスがずるりと這《は》いずり出た。

その異様過ぎる光景に驚くヴィリーネ。

「！　倒したはずなのに、どうして――！」

「無駄よ。私の死霊術があれば、彼らは何度でも蘇《よみがえ》る」

ヒルダは冷たい声で答えると、恨めしそうにヴィリーネを睨《にら》む。

「気に入らない……気に入らない気に入らない。あなたみたいなゴミクズが、この私に同

情ですって……？　虫唾《むしず》が走るわッ！」

怒りのこもった声で言うと、ヒルダの身体が瘴気の中へと沈んでいく。

そんな彼女を逃がすまいと、ヴィリーネは走るが——

「待ちなさい！　まだあの怪物を——ッ！」

「……いずれ必ず、あなたたちの目を絶望に染めてやる。その時を楽しみに待っていることとね——『追放者ギルド』」

そんな捨て台詞《ぜりふ》を残し、ヒルダの全身は瘴気へと消える。

同時にクレイとサイラスも瘴気の中へ潜り——彼女たちは跡形もなく消えてしまったのだった。

◇◇◇

「ハァ……ハァ……ッ！」

俺は、『デイトナ』の街中を必死に走っていた。

コレットが住民たちの避難を誘導していると聞いて一度はそちらへ向かったのだが、その先でカガリナから驚くべきことを聞かされた。

——〝コレットちゃんは女の子を捜すために、街の中央に行っちゃったわよ！〟

街の中央と言えば、たった今ヴィリーネたちが骨のドラゴン《エンシエント・ドラゴンゾンビ》と戦っている主戦場。

彼女はサルヴィオと共にそこへ向かったと聞いて、俺はとんぼ返りしている。

「コレット……無事でいてくれよ……！」

まだ、骨のドラゴン《エンシエント・ドラゴンゾンビ》は皆が押さえてくれているだろうか。

それにサルヴィオが一緒にいてくれるのなら、大丈夫だとは思うが……

だけど、何故だろう。

とても嫌な予感がする。

さっきから胸騒ぎが収まらないのだ。

一刻も早くコレットたちと合流しなければ――

そう思いながら、俺はようやく1番地区の通りへ差し掛かる。

その時――グシャッという音を立てて、何らかの物体が近くの壁にぶつかった。

俺は最初、遠くで骨のドラゴン《エンシエント・ドラゴンゾンビ》が破壊した瓦礫《がれき》が勢いよく降ってきたのだろうと思った。

しかし――――俺はそれが、すぐに瓦礫などではないと気付く。

物体が当たった壁は真っ赤な液体が飛散し、地面に落ちたそれは明らかに人の形を成していた。

その正体をハッキリと認識した瞬間――俺は全身から血の気が引く。

「……サル、ヴィオ……？」

見紛《みまが》うはずもない。

騎士風の鎧《よろい》をまとった男の冒険者。

俺がコレットの特訓を任せたSランク冒険者が、全身を血の色に染め、ぐったりと力なく倒れているのだ。

「サルヴィオッ！　大丈夫か⁉　おい、しっかり――ッ！」

急いで彼の下へ駆け寄った俺は、その有り様に言葉を失う。

サルヴィオの、彼の身体はあまりにも凄惨《せいさん》な状態だった。

酷《ひど》いなんて言葉じゃとても表せない、全身がズタズタで――

まだ辛うじて意識があり、息をしているようだが――――これじゃ、もう――

「――」

サルヴィオは俺に気が付くと、最後に残った力を振り絞って片腕を動かし、通りの先を指差す。

その先にあった物は――

「コレット……！」

「マスター……さん……？　あ、兄貴が……兄貴を……っ！」

満身創痍ながらも身体を起こそうとするコレットと、そんな彼女に今にも襲い掛かろうとする骨のドラゴン《エンシエント・ドラゴンゾンビ》の姿。

彼女も酷い怪我を負っている様子で、両目から大粒の涙を流しながら地面を這い、こちらに向かって来ようとしている。

そんなコレットを目の当たりにした俺に対し、サルヴィオは再び震える腕を動かす。

そして、俺の〝目〟を指差した。

「――」

――お前の〝目〟で、あの子を見ろ。

もはや言葉を発する力も残っていない彼に、そう言われた気がした。

俺に意味が伝わったと理解した彼の口元は、いつものように笑う。

「…………ヒャハ……ハ……」

ドサリ、とサルヴィオの腕が地面に落ちる。

それきり――彼が、動くことはなかった。

「サルヴィオ……」

……俺は彼の手を握り、その想いへ敬意を払う。

最後の最後までコレットを信じ、決してその可能性を諦《あきら》めなかった、偉大なる冒険者の意志に。

最後まで『追放者ギルド』の一員として戦ってくれた、かけがえのない仲間の信念に。

そして――

「…………【鑑定眼】」

俺は【鑑定眼】を発動し、コレットを見る。

かつて〝スキル　なし〟としか表示されなかった、真の無能力者。

そんな彼女の前に、表示されたのは――

＝＝＝＝＝＝＝＝＝＝＝＝＝＝＝＝

スキル【受け継がれし不屈の心】

ＨＰあるいはスタミナが一定値以下に
減少した場合に発動

攻撃力が極大強化され、相手の素質・特性によるダメージ低下／無効化の一切を無視する

また一対一の戦闘に限り、相手がこちらよりも大幅に強かった場合、スキル使用者の心が己を諦めなかった時にのみ攻撃が〝一撃必殺〟へと変化する
これは相手の素質・特性の一切を無視して強制的に死亡状態にする

＝＝＝＝＝＝＝＝＝＝＝＝＝＝＝＝

これが――覚醒《かくせい》したコレットの〝隠しスキル〟。
メラースさんの言っていたことは本当だった。
これこそが、不死身の竜を倒せる0.1％の可能性。
サルヴィオが垣間見《かいまみ》て俺に伝えてくれた、彼女の力。

もしかしたら彼は――どこかで気付いていたのかもしれない。

だからこそ、最後の力で俺に託してくれたのかもしれない。

ならば――俺のやるべきことは――

「――――コレット！」

俺は、彼女の名を呼ぶ。

「立つんだ……立て、コレット・ハスクバーナ！　キミだけが、不死身の竜を倒せる！　キミはもう、弱いだけの冒険者なんかじゃないんだ！」

「あ……あぁ……」

サルヴィオの姿を見ていた彼女は、俺の言葉を受けても立ち上がれない。

悲痛の涙を流し、激痛に耐え、自分自身への無力感と失望に対して必死に葛藤《かっとう》する。

つらいはずだ、苦しいはずだ。

こんな状況で自分を信じろと言われて、もう心がメチャメチャになりそうなはずだ。

それでも――

「頼む、コレット……！　サルヴィオの想いを……どうか無駄にしないでやってくれ……！」

彼女以外にはいないのだ。

サルヴィオの想いを、汲《く》むことのできる者は。

「あ……ああ……ああああああああああああッッッ!!!」

コレットは吼《ほ》える。

張り裂けそうな声で。

血を流しながら。涙を流しながら。

そして――彼女は、立ち上がる。

ハルバードで身体を支えながら、全身全霊で、最後の闘志を身に纏《まと》いながら。

「……信じまス。ウチは、自分自身を。兄貴のために……兄貴が……信じてくれたからっ！　だから最期まで、戦いまスっ!!!」

コレットはハルバードを構える。

するとハルバードの切っ先が金色に染まり、眩《まばゆ》い光を放つ。

――彼女の〝隠しスキル〟が、今発動した。

『オォォォゴオオオオオオオオオッ!!!』

「ハアアアアアアアアアアアアッッッ!!!」

骨のドラゴン《エンシェント・ドラゴンゾンビ》とコレットが、共に最後の一撃を繰り出す。

互いの全てを込めた、渾身《こんしん》の攻撃が交差し――――

コレットのハルバードが、骨のドラゴン《エンシエント・ドラゴンゾンビ》を両断した。

その一太刀は骨のドラゴン《エンシエント・ドラゴンゾンビ》を頭から真っ二つに両断し——奴の動きは止まる。

『……オ……オオ……』

弱点はなく、どんな攻撃でも倒すことのできなかった不死身の竜。

かつて生ける厄災と呼ばれ、神そのものとすら呼ばれた存在。

その骨の身体が、崩れる。

大きな白骨がボロボロと欠けて破片となり、それがさらに細かく砕けて風に流れていく。

まるで止まった時が一気に動き出したように風化していき——最後には、全てが塵《ちり》となって消えていった。

「これが……コレットの〝隠しスキル〟の威力……」

不死身の竜ですら一太刀で葬る〝一撃必殺〟。

発動条件がかなりシビアだが、その力は神すら打ち倒す。

運命を覆し、逆転という勝利のためにある、決して屈せぬ精神を持つ者だけが使いこなせる挑戦者のスキル。

まさしく……サルヴィオと共に努力に努力を重ねたコレットが獲得するべくして獲得した、意志の力だ。

「……やりましたよ……サルヴィオの兄貴…………ウチは……」

全ての力を使い果たしたコレットの手からハルバードが離れ落ち、彼女は地面に膝《ひざ》を突く。

「コレット！　おい、しっかり――！」

「――おーい！　無事か、アイゼンの坊主！」

残された俺が途方に暮れていると、遠くからライドウさんと数人の冒険者たちが走ってくる。

彼らもボロボロだが、応援にやってきてくれたのだろう。

「遅くなっちまって悪い！　それで、骨のドラゴン《エンシエント・ドラゴンゾンビ》は……！」

「……倒してくれましたよ、コレットが……。それより早く、治療の用意を――！」

ライドウさんたちに説明し、搬送と治療を頼む俺。

こうして――不死身の竜との壮絶な戦いは、終局を迎えた――

エピローグ

――骨のドラゴン《エンシエント・ドラゴンゾンビ》が『デイトナ』を襲撃してから、1ヵ月が経過した。

多くの家屋が破壊され、冒険者や住民にも多数の犠牲者が出てしまったが、それでも街は復興を始めている。

幸いなことに、今回の被害については冒険者ギルド連盟から手厚い支援があったことや、『デイトナ』を愛する冒険者たちが皆一様に復興の手助けをしてくれたこともあって、着実に街は元通りになりつつある。

太古の竜《エンシエント・ドラゴン》を復活させたヒルダの行方についても、メラースさんを中心に連盟が目下調査中だ。

近々、詳細が公表されるだろう。

「おーいヴィリーネ、ちょっと手伝ってくれ。塀に板を打ち付けたいんだ」

「はい、今お手伝いしますね」

俺たち『追放者ギルド』も冒険者たちに交じり、少しばかり復興のお手伝い。

冒険者としての仕事は、一時休業中だ。

　メンバーも皆大なり小なり怪我をしていたから、身体を鈍《なま》らせない程度の休みにはこれくらいが丁度いいのかもしれない。

「精が出るわね、マスター、ヴィリーネ先輩。冷たい飲み物を持ってきたわよ、少し休憩したら？」

　そこにマイカがやってくる。

　そんな彼女の隣には――コレットの姿も。

「ああ、ありがとうマイカ。コレットも、もう身体は平気なのか？」

「勿論《もちろん》っスよ！　ウチは頑丈さだけが取り柄なんスから！　ウチばっかり、いつまでも休んでいられないっス！」

　うーん、以前は元気が取り柄って言ってた気がするんだけどなぁ。

　まあやっぱり、取り柄が多いのはいいことだ。

　とはいえコレットは3人の中でも受けたダメージが大きく、つい数日前までベッドで安静にしていた身。

　あまり無理はさせたくない。

「そりゃ頼もしいな。でも今日の作業はだいたい終わりそうだし、せっかく皆揃ったんだから――この後、お見舞いに行こうか」

「！　ホントっスか！　行きましょう行きましょう！」

パアッと明るく笑うコレット。

彼女も事務所で安静にしていたから、中々会えなかったもんな。

俺たちは作業をひと通り終わらせ、彼が待つ場所へと向かう。

そうして俺たちが向かった先は――教会に併設された療養所。

そこには、今回の騒動で負傷した人々が多く入院している。

療養所の中は、ベッドが左右に3つずつ並べられる部屋が幾つもあり、ベッドはそれぞれ仕切りで隔てられている。

そんな部屋の中の1つをノックし、

「――サルヴィオ、いるかい？　お見舞いに来たよ」

そう声をかけ、最も窓際のベッドへと向かった。

すると――

「……ヒャハハ、よく来たなぁ。俺様も丁度退屈してたところだったぜ」

彼らしい下品な笑い声で、患者衣を着たサルヴィオが迎えてくれた。

「サルヴィオの兄貴、元気してたっスか!?　会いたかったっスよ！　ウチはもう心配で心配で……」

「あぁ？　お前に心配されるほど、俺様はヤワじゃねぇっつの。だいたい、コレットの分際で俺様を心配するなんざ……あと10年は早《はえ》ぇぞ、ヒャハハ！」

以前と変わりなく、そんなやり取りを交わす師弟。

見た感じ、俺が前に来た時よりもかなり回復しているらしい。

最初は生きているのが奇跡ってくらい重傷だったのに。

だが……その身体には、戦いの痕《あと》が痛々しく残る。

戦いの後遺症で左目は視力を失い、骨はともかく内臓もかなり損傷してしまっているらしい。

さらに肺には大きなダメージが残ったそうだ。

……この身体では、もう二度と冒険には出られないだろう。

彼がコレットと肩を並べて戦うことは……もう不可能なのだ。

「おいコラ、マスターよぉ。なんてツラで俺様を見てやがる。そんなにハンサムになった俺様の顔が羨《うらや》ましいかぁ？」

「え、ああいや、そういうつもりじゃ……」

「……なんてな、冗談だ。お前の言いたいことはわかってる。この身体じゃ……もうダンジョンに潜ることなんてできっこねぇ」

サルヴィオは自分の身体を見て、皮肉交じりに言う。

自分の身体のことは、自分が一番よくわかってる——ということなのだろう。

「俺様はもう……俺様が望んだ道を歩めそうにない。アイゼン・テスラーの下で自分を鍛え直し、追放者への差別を根絶し、コレットが一人立ちするまで面倒見てやる……。そんで笑って地獄に堕《お》ちてやるつもりだったのに、それすら叶《かな》えられそうにねぇ。これも俺様が呪われてるせいなのかねぇ。因果応報ってか、ヒャハハ」

「サルヴィオ……」

まるで現実を受け入れているような口ぶり。

だが——その本心は、無念で仕方ないのだろう。

「……兄貴、それは違うと思いまス」

コレットが、口を開く。

「確かに、兄貴は昔の仲間たちに恨まれてるかもしれません。でも因果応報で自分の行いが戻ってくるなら、良いことだって戻ってこなきゃおかしいじゃないっスか。兄貴はウチを鍛えてくれました、ウチに優しくしてくれました、身体を張ってウチを守ってくれました。兄貴が生きててくれたのは……そういう良いことが、戻ってきたからなんじゃないでしょうか……？」

「コレット、お前……」

「それに兄貴、言ってましたよね。〝冒険者が冒険者として終わる時っつーのは、才能がないと気付いた時でもなけりゃ、戦いで手足が吹っ飛んだ時でもねぇ。冒険者でいたいっていう気持ちが消えた時だ〟――って」

　コレットはベッドの横まで歩き、サルヴィオの隣に立つ。

「兄貴は、まだ冒険者として終わってなんかいません。ウチもまだまだ、兄貴に教わらなきゃいけないことがたくさんありまス。それでも呪いが怖いって言うなら、罪の意識が消えないなら……ウチが、その呪いと罪を半分背負いまス！　だって、ウチは兄貴の仲間でスから！」

　自分の胸に手の平を押し付け、コレットは力強い瞳《ひとみ》で言った。

　すると、

「……コレットさんの言う通りです。それならどうか、私にも背負わせてください」

　コレットの言葉に、ヴィリーネが続いた。

「!?　ヴィリーネ、どうして――っ！　だって、俺様はお前を……！」

「そうです、私もサルヴィオさんに虐《いじ》められていた日々を忘れられません。ですが……あなたは、立派に罪を償いました。だからこそ、どうか言わせてください。――私はあなたを赦《ゆる》します。サルヴィオさんは私の仲間です。仲間だからこそ、私も同じモノを背負いたい」

「ヴィリーネ……っ」

続いてマイカも前に出る。

「皆が仲間と認めるなら、アタシも認めないワケにはいかないわよね。アンタの過去はよくわからないけど、少なくとも今のアンタは心から信頼できる。呪いなんて陳腐なモノ、アタシの祝福があればへっちゃらでしょ」

そこまで彼女は言うと、チラリと俺を見た。

「――で、皆の総意はこんな感じだけど。どうするのかしら、マスター？」

「アハハ……それ、今更聞くのかい？」

俺も、サルヴィオを再び見据える。

「遅くなったね、サルヴィオ。このアイゼン・テスラーと『追放者ギルド』は、キミを仲間として認める。それに団員の罪は団長の罪だし、俺がまとめて引き受けるよ。だから、もう苦しまなくていい」

彼は、サルヴィオは自らの行いで皆の信頼を勝ち取った。

かつて追放者を生み出した者でありながら、その追放者たちに認められたのだ。

ならば多くは語るまい。

サルヴィオは、今日を以《もっ》て正式に『追放者ギルド』の一員だ。

俺たちの言葉を聞いたサルヴィオは、プイッと顔を外の方へ背ける。

「お前ら……お前らは、本当にバカヤロウだ……っ、バカの集まりだ……！　こんな身体になっちまったのに、俺様になにを期待するんだよ！」

「あ～、それなんだけど……実は骨のドラゴン《エンシエント・ドラゴンゾンビ》を倒してから、前以上に『追放者ギルド』の噂が広まっちゃったらしくてね。街の復興もまだだっていうのに、どんどん追放者が事務所を訪ねてくるんだよ。中にはいい〝隠しスキル〟を持っていても、冒険者として駆け出しって子も多くて。だから教官がいるんだ」

「つまりサルヴィオの兄貴には、皆を鍛えてほしいんスよ！　冒険者を鍛える冒険者として、意志を繋《つな》いでいくんでス！　その意志が、ウチらを強くしてくれるんスから！」

「そういうこと。だからキミが適任だと思う。いや、キミしかいないだろう。引き受けてくれるかい？」

意志の最終確認。

サルヴィオは振り返らぬまま、

「お、おう！　やってやろうじゃねぇか！　俺様はＳランク冒険者だからよぉ！　足や腕の1本がなくても、ヒヨッ子を鍛えるなんざ朝飯前だぜ！　ヒャハハ！」

彼は頷《うなず》いてくれた。

俺たちに顔を見せてはくれなかったが、その声は少し泣いているように聞こえた。

俺たちとサルヴィオが、療養所の部屋の中でそんなやり取りをしていると——

「——ああ、いたいた。こんにちはぁ、アイゼンちゃん。お取り込み中ごめんなさぁい」

転送魔術を使って、にゅっとメラースさんが現れる。

「あれ、こんにちはメラースさん。よく俺がここにいるってわかりましたね」

「それは人づてに聞いてきたんだもの。事務所に行ってもいないし、街で聞いたら療養所に行ったって言われるし、もう肩が凝るわぁ。年寄りに二度手間させないでほしいわねぇ」

「アハハ、それはすみません。それで、今日はどうしたんです？」

「ええ、太古の竜《エンシエント・ドラゴン》に関する調査が進んだから、その件を少し。それからアイゼンちゃんに面白い話が——」

そこまで言いかけたメラースさんは、ふとベッドに座るサルヴィオの方を見る。

この時、サルヴィオもメラースさんの方を向いていた。

「あらあら、この子なのねぇ。太古の竜《エンシエント・ドラゴン》を倒した勇者を身を挺《てい》して守ったっていう英雄くんは。思ったよりハンサムじゃない」

　ふんふん、とサルヴィオの顔を眺めるメラースさん。

　その瞬間――

「――うっ⁉」

「！　どうしたサルヴィオ⁉　どこか傷が痛むのか⁉」

「い、いや違う……俺様のトキメキレーダーが、いきなり全開に反応しやがった……！　なんでだ？　こんなちびっ子なんざ、全然まったく完全に守備範囲外なのに――⁉」

「あら、ちびっ子とは失礼ねぇ。こう見えても、アタシは結構なおばあちゃまなのよぉ？　歳だって、確実にあなたの3倍は食ってるんだからぁ」

　⁉　メ、メラースさんってそんな年齢なのか⁉　発言からして外観と実年齢が乖離《かいり》してるとは思ってたけど、そんなに――⁉

　彼女の発言を聞くや否や、サルヴィオの顔がキラキラと輝き始める。

「失礼、レディ・メラース、美しい魔女よ。今は独身ですか？　ぜひこの俺様と、結婚を前提にしたお付き合いをして頂きたい。キラキラ」

「あらぁ～、物好きな英雄くんねぇ。でも気持ちは嬉《うれ》しいけどぉ、アタシは40歳以下の渋みがない子には興味ないのぉ。ごめんねぇ」

それは悲しい返事だった。

直後にサルヴィオは絶望する。

なんか凄《すご》い勢いで他人が失恋する瞬間を見てしまった……

「チ、チクショウ……！　俺様は諦《あきら》めねぇ！　こうなったら全力で、渋くてカッコいい男になってやらぁ！　教官ってポジションは男を磨くには悪くねぇ、そうだろマスター⁉」

「え？　あ、うん、そうかも？　よくわかんないけど……」

「待っててください、レディ・メラース！　必ず渋い男になって、あなたを振り向かせてみせるからよぉ！　生きる希望が湧いてきたぜぇ、ヒャハハハ！」

「あらぁ、頑張ってねぇ～。期待せずに待ってるわぁ～」

まるで息子を、いや孫を見る目で微笑ましくサルヴィオを眺めるメラースさん。

そんなやり取りを見ていたコレットはポカンと口を開け、ヴィリーネは頭を抱える。

「……兄貴にこんな一面があったとは、意外っス……」

「サルヴィオさん……あなたって人は……」

「ア、アハハ……」

乾いた声で笑う俺。

すると、メラースさんが俺の方にくるりと向き直る。

「それはそうとアイゼンちゃん、話の続きだけれど」

「あ、はい。面白い話っていうのは？」

「うーんとね、それは――」

「――待て、メラース。そこから先はワシが話そう」

聞き覚えのある声が、メラースさんの言葉を遮る。

同時に部屋の中へと入ってくる、1人の老齢の男性。

その姿を見た俺たちは、とてつもなく驚く。

「！　ジェラーク総代！　ど、どうしてここに……!?」

「それは勿論《もちろん》、被害を受けた街の視察にな。どんな状態かと心配しておったが、いやはや『デイトナ』の住人たちはたくましい」

どこか安心した様子で鬚《ひげ》を触るジェラーク総代。

だがすぐに俺を見据えると、

「……それともう1つ、お主に用があったのだよ、アイゼン・テスラー」

「俺に……？」

「うむ、既に聞き及んでいると思うが、先の太古の竜《エンシエント・ドラゴン》との戦いでは多くの犠牲が出た。

特に『ヘカトンケイル』は事実上の解散となり、ヴォルクの死によって〝四大星帝《クアッド・マスターズ》〟の席にも空きが出ている状態だ」

「それは……」

たしかに、話には聞いた。

ヴォルク・レオポルド――かつてマイカが『アイギス』と共に籍を置いていた『ヘカトンケイル』のギルドマスター。

結局俺は一度も会うことはなかったけれど、冒険者ギルド連盟最大の武闘派と呼ばれた男の欠損は大きいのだろう。

俺としては好きになれない人物ではあったが……故人を悪く言うことはすまい。

「そこで、だ。連盟は協議の結果、ヴォルクの穴を埋めるために新たな〝四大星帝《クアッド・マスターズ》〟を選定することとなった。既に候補者は何名か名が挙がっている」

「なるほど、では近々新しい〝四大星帝《クアッド・マスターズ》〟がお目見えすることになりそうですね。どんな人物が選ばれるのか、興味深いです」

「こらこら、まるで他人事《ひとごと》のように言うでない。その候補者の中には、お主の名もあるのだぞ？」

「……はい？」

「だから、アイゼン・テスラーは候補者なのだ。新たな〝四大星帝《クアッド・マスターズ》〟のな」

――場が静まり返る。

俺もヴィリーネもマイカもコレットも、目を点にする。

そして数秒の後、

「「「……え……えええええっ!?」」」

驚嘆の叫びが、部屋の中に木霊《こだま》した。

「お、俺が〝四大星帝《クアッド・マスターズ》〟の候補者って……どういうことですか!?」

「うむ、此度《こたび》の件でも『追放者ギルド』の活躍は一層世間に知れ渡った。これによって、追放の憂き目にあった世界中の冒険者たちが熱烈にお主を支持し始めたのだよ。〝アイゼン・テスラーこそ冒険者の世界を変える者だ〟とな。今『ビウム』の街では、お主の名が書かれた横断幕が毎日のように掲げられているのだぞ?」

「お、横断幕……」

あの大都会『ビウム』で？　俺の名前が？

うわあヤバい、考えただけで立ち眩《くら》みが起きそう……

「これほどの実績と人気があっては、もはや連盟も無視できなくなってな。ギルドを起《た》ち上げて間もない若造というのは異例中の異例だが、候補とすることにしたのだ。無論、総代たるワシも異論はない」

「そうね～、アタシもアイゼンちゃんなら大歓迎だわ。ヴォルクより100倍はマシだもの。〝四大星帝《クアッド・マスターズ》〟になれた暁には、手取り足取り教えてあげるわぁ」

うんうん、と頷き合う〝四大星帝《クアッド・マスターズ》〟の2人。

この感じだと、ライドウさんもすぐに賛成したんだろうな……

「す──凄いです、アイゼン様っ！　〝四大星帝《クアッド・マスターズ》〟ですって！　『追放者ギルド』が、冒険者ギルド連盟の直轄に……！　は、はひゅう……」

興奮のあまり、そのまま失神するヴィリーネ。

相変わらず可愛いなぁ……いやもう俺も気絶したいくらいだけど……

「やったじゃない、マスター。これぞ大出世ってヤツね。アタシも鼻が高いわ」

「そうっスよ！　やっぱりマスターさんは偉大なギルドマスターなんでス！」

マイカもコレットも、快く賛同してくれる。

──追放者を救うんだって心に決めて、歩き出しただけのしがないギルドマスターだった俺が〝四大星帝《クアッド・マスターズ》〟──

信じられない、けど──

「今、連盟は──いや、冒険者の世界は変革の時にある。世の中はこれから大きく変わっていくだろう。……さあ、どうする？　『追放者ギルド』のギルドマスター？」

ジェラーク総代は、俺に手を差し出す。

俺は少しだけ茫然《ぼうぜん》としてしまったけれど——口元を綻《ほころ》ばせその手を握ったのだった。

あとがき

皆様お久しぶりです、メソポ・たみあです。

この度、無事に【ようこそ『追放者ギルド』へ】の第2巻を発売することができました。

人生初の続刊に「よっしゃあ！」と心の中で叫んでおります。

マジで出せてよかった……

それとこの第2巻が世に出ている頃には漫画版のネット連載も始まっているかと思いますので、そちらも覗《のぞ》いてみてください。

このあとがきを書いてる段階で漫画家・荒《あら》木《き》佑輔《ゆうすけ》先生のネームを見せてもらっておりますが、なんかもう原作より遥《はる》かに面白い感まで（以下略）

小説版にはなかったシーンも大幅に追加されているので、皆『ドラドラふらっと♭』で検索だ！

さて、第2巻のファウスト編とコレット＆サルヴィオ編ですが、お楽しみ頂けたでしょうか？

ファウストの話はWEB版にはなかったモノなので、書いている側としては新鮮な気持ちで書けた気がします。

思い返してみればWEB版だと〈ステータス・スカウター〉にまつわる話がほぼ出てこなくて、深く触れなかった部分だったんですよね。

じゃあ中編の話として〈ステータス・スカウター〉の製作者を出してしまおう、という感じでファウストには登場してもらいました。

WEB版の頃から〈ステータス・スカウター〉を使う奴とアイゼンは同じ穴のムジナじゃないかってツッコミを頂いてたので、それをそのままファウストに言ってもらった形です。

実際ファウストは選民思想の持ち主で俺って天才と思ってますし、世の中は特定の能力に秀でる者だけいればよいと思ってるタイプです。勉強のできる高学歴者以外はゴミみたいな。

アイゼンはその選民思想自体がおかしいと言っている人なので、決して優秀な隠しスキルを持つ者たちを社会の上位者にしたいワケじゃないんですよね。勉強できなくても凄《すご》い奴はたくさんいるだろちゃんと見ろ、みたいな主張。

ここは書いててニュアンス伝えるのが難しいなぁと思いました……

それと個人的にはサルヴィオ氏のストーリーをもっと増やしたかったなぁ……と思うの

ですが、ページ数と時間と体力が足りなかったんや……
もしさらに続刊を出せるようであれば、サルヴィオ氏とコレットの活躍は随所で書いていきたいですね。

はい、すごいぶっちゃけてしまうと、サルヴィオ氏は著者のお気に入りキャラです。
登場人物の中で一番書いてて楽しかったキャラですし、下手すればアイゼンよりも好きかも……？

最初はクズな悪役として登場するけど、後から改心して仲間になるって展開は一度書いてみたかったんですよね。

少年漫画なら割と王道の展開ですし、ゲームなら序盤にボスとして出てきて苦戦させられた相手が味方に加入したときの頼もしさや期待感っていうのは、やっぱり胸を熱くするモノがあると思っています。

他にも作品を見てて「この敵が味方になったらどういう活躍をするんだろうなぁ〜」って漠然と考えたことは、誰しもあるんじゃないでしょうか？

ＷＥＢ小説やライトノベルでは敵が味方になるって展開は意外と珍しくてチャレンジではありましたが、今ではサルヴィオ氏を出してよかったと心から思っています。

っていうか悪属性の仲間が好きなんじゃ！　カッコいいし個性あるやん!?

次にコレットですが、実はこの子ってＷＥＢ版を書き始めた当初はまったく考えてなかったキャラなんですよね。

でもＷＥＢ版の感想欄で「この世界って隠しスキルを持たない人もいるの？」「もし追放者が役に立たないスキルを持ってたらアイゼンはどうするの？」みたいな質問をけっこう頂いたので、じゃあそれをテーマにした物語を書こうってなったのがコレット誕生のきっかけです。

なんの才能もない凡人が苦悩と努力の果てに奇跡を起こす、って書き方をするとなんだかスポコン物みたいになりますが、元気っ子なコレットがその要素を上手《うま》く引き立ててくれたんじゃないかと（余計にスポコンっぽくなったとも言えるかもですが）

それにこういうことは現実にも起こり得ると思っていて、学生時代はなんの取り柄もなかった友達が大人になる頃には世間に認められるような功績を残していた……なんて経験をお持ちの読者様も、もしかしたらいらっしゃるのでは？

あとどうでもいい話ですが、個人的にコレットみたいな色気のないボーイッシュ元気っ子って性癖に刺さるんですけど、最近担当編集様から「ボーイッシュキャラは人気出づらいですよ」って言われて「なんやて工藤⁉」となりました。

ボーイッシュとか元気っ子って……人気ないの……？

ペル○ナ4の里中《さとなか》○枝《え》とか、ウ○娘《むすめ》のサクラバ○シンオーとか、アー○ナイツのマ○イマルとか……

いいじゃん……友達感覚でつるめる女の子って……

たしかにどの作品でも人気は他キャラに押されるけどさ……ぐぬぬ……

それと今回も当作を担当してくださった担当編集者様、並びにイラストレーターのU助様へ深く感謝申し上げます。

U助様のイラストに関してはサルヴィオ氏とコレットが本当にイメージ通りで「流石や……」となりました。

特に口絵でコレットが涙ながらにハルバードを振るう絵は素晴らしすぎる……！

最高過ぎるイラスト本当にありがとうございます……！

それでは皆様、第2巻もお付き合い頂き誠にありがとうございました。

またどこかでお会いしましょう。

二〇二一年七月　メソポ・たみあ

ようこそ『追放者《ついほうしや》ギルド』へ2

～無能《むのう》なSランクパーティがどんどん有能《ゆうのう》な冒険者《ぼうけんしや》を追放《ついほう》するので、最弱《さいじやく》を集《あつ》めて最強《さいきよう》ギルドを創《つく》ります～

著　メソポ・たみあ

角川スニーカー文庫　22725

2021年7月1日　初版発行

発行者　青柳昌行

発　行　株式会社KADOKAWA
〒102-8177 東京都千代田区富士見2-13-3
電話　0570-002-301（ナビダイヤル）

印刷所　株式会社暁印刷
製本所　株式会社ビルディング・ブックセンター

Printed in Japan　ISBN 978-4-04-111126-0　C0193

★ご意見、ご感想をお送りください★

〒102-8177 東京都千代田区富士見 2-13-3
株式会社KADOKAWA　角川スニーカー文庫編集部気付
「メソポ・たみあ」先生
「U助」先生

[スニーカー文庫公式サイト] ザ・スニーカーWEB　https://sneakerbunko.jp/

角川文庫発刊に際して

角川源義

第二次世界大戦の敗北は、軍事力の敗北であった以上に、私たちの若い文化力の敗退であった。私たちの文化が戦争に対して如何に無力であり、単なるあだ花に過ぎなかったかを、私たちは身を以て体験し痛感した。西洋近代文化の摂取にとって、明治以後八十年の歳月は決して短かすぎたとは言えない。にもかかわらず、近代文化の伝統を確立し、自由な批判と柔軟な良識に富む文化層として自らを形成することに私たちは失敗して来た。そしてこれは、各層への文化の普及滲透を任務とする出版人の責任でもあった。

一九四五年以来、私たちは再び振出しに戻り、第一歩から踏み出すことを余儀なくされた。これは大きな不幸ではあるが、反面、これまでの混沌・未熟・歪曲の中にあった我が国の文化に秩序と確たる基礎を齎らすためには絶好の機会でもある。角川書店は、このような祖国の文化的危機にあたり、微力をも顧みず再建の礎石たるべき抱負と決意とをもって出発したが、ここに創立以来の念願を果すべく角川文庫を発刊する。これまで刊行されたあらゆる全集叢書文庫類の長所と短所とを検討し、古今東西の不朽の典籍を、良心的編集のもとに、廉価に、そして書架にふさわしい美本として、多くのひとびとに提供しようとする。しかし私たちは徒らに百科全書的な知識のジレッタントを作ることを目的とせず、あくまで祖国の文化に秩序と再建への道を示し、この文庫を角川書店の栄ある事業として、今後永久に継続発展せしめ、学芸と教養との殿堂として大成せんことを期したい。多くの読書子の愛情ある忠言と支持とによって、この希望と抱負とを完遂せしめられんことを願う。

一九四九年五月三日